U0465651

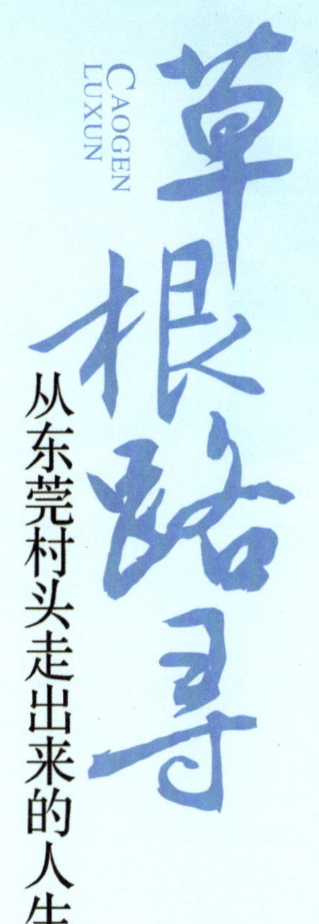

草根路寻

从东莞村头走出来的人生

唐良雄/著

图书在版编目（CIP）数据

草根路寻：从东莞村头走出来的人生 / 唐良雄著
. -- 北京：中国书籍出版社，2020.8
ISBN 978-7-5068-7927-9

Ⅰ. ①草… Ⅱ. ①唐… Ⅲ. ①自传体小说—中国—当代Ⅳ. ① I247.5

中国版本图书馆 CIP 数据核字（2020）第 141722 号

草根路寻：从东莞村头走出来的人生

唐良雄　著

责任编辑　尹　浩　成晓春
责任印制　孙马飞　马　芝
装帧设计　闰江文化
出版发行　中国书籍出版社
地　　址　北京市丰台区三路居路 97 号（邮编：100073）
电　　话　（010）52257143（总编室）（010）52257140（发行部）
电子邮箱　eo@chinabp.com.cn
经　　销　全国新华书店
印　　刷　三河市顺兴印务有限公司
开　　本　710 毫米 × 1000 毫米 1/16
字　　数　180 千字
印　　张　13
版　　次　2020 年 8 月第 1 版　2020 年 8 月第 1 次印刷
书　　号　ISBN 978-7-5068-7927-9
定　　价　49.00 元

——谨以此书献给自己

平凡五十年的风雨人生！

2019年12月30日

《致五十岁的自己》

曾经以为
凭我的执着、坚毅
雄心壮志
能成为莘莘学子
融入改变命运的大学校园
可努力并不一定会创造奇迹

曾经以为
我会是一名军人
抛头颅、洒热血
刚强、威风正义
却因体格不适
终成遗憾

曾经以为
成家立业，有家便有业
一纸证书
牵手双方，情系两边
重任在肩，男人担当
然而，一旦不知足、不懂珍惜

一切便会无情地离你而去
原来，人生有太多的不确定

不惑之年
又狂想能背上吉他
潇洒帅气，假装文艺
能行走江湖，目空一切
学一首《外面的世界》
只因没能坚持
而望之兴叹，扼腕叹息

快乐和痛苦
失落与满足
匆匆走来，又悄悄退去
幸福总是与你若即若离

五十岁了，
但我仍然充满期待
期待出现，期许未来
天命之年，

犹如婴儿般地诞生

我的人生才刚刚开始

冬天不会持久

春天也不会永恒

但我始终坚信，

只要梦想不灭

就能拥抱人生

拥抱下一个美丽的五十年

——2019年12月20日于武汉晋东科技

序

草根族的中国故事

◆熊召政

日前，良雄送来《无痕诗语》与《草根路寻》两部打印好的书稿。前者是诗集，后者是他对自己过往二十余年个人创业历程的总结。这两部书稿即将付梓，他希望我为他写篇序言。

说实话，我虽然答应了，但这篇序言其实很难写。良雄并不是真正意义上的著作人，他自己也反复说，他压根儿也没有靠写书出名的念头，之所以花一年时间，艰难地弄出这两部书稿，乃是为了纪念自己在过去的岁月里所经历的种种喜怒哀乐。人正在经历的是生活，经历过的事情是历史。良雄本着对自己负责，对家人负责的态度来抒写过去的经历与情感，这是一种难能可贵的人生态度。

大约六年前，经友人介绍，良雄要拜我为师。与他第一次交谈，就感到他读书太少，且对文史哲诸方面缺乏基本的常识。我问他，你想学什么？他说，跟着老师学做人。这回答让我无法拒绝，一个人可以不成为科学家、艺术家、企业家，但做一个高尚的人总还是可以的吧。

良雄是真正的草根出身，我到过他的家乡洪湖，并看过他从小居住的潮湿狭小的老宅子以及新修的小院。他的蜕变与进步也是显而易见的，他三十年前去东莞打工，饱受煎熬，几年后自己尝试创业，又备受艰辛。

十年前，他有了属于自己的一家像样的公司，虽然不大，但业务饱满，每年的利润还在增长。

他说要跟着我学做人，这实际上是谦虚之词，但他对知识与文艺的渴望让我有些吃惊。他第一次听我读诗，便掏出手机来记，一首短短的七绝二十八字，他写错了五个字，拿出来给我看，让我哭笑不得。我说，你不能这样记录，你要先学着读一些古代诗人的名篇。他按我说的做了，后来我再读诗，他感到吃不准的字，就找旁边的人问，再往手机上记，就这样过了两三年，他的错别字越来越少了。我开始欣赏良雄的学习精神，兹后，每每从他的微信中读到他的即兴之作，感到他的进步很大。大约两年前，良雄对我说，他送儿子到美国的一所学校学习电影导演专业。我意识到，良雄正在靠着他的奋斗和追求，不但要让自己变成一个高雅的人，还要让自己的后代成为艺术的精英。我表面上没有说什么，心里头却肯定良雄的选择与努力。

今年是良雄的天命之年，他要用两部书来记录自己的天命，这是他选择的纪念逝去岁月的方式。他感恩这个时代，没有改革，没有社会创造力的爆发，没有社会能量的凝聚，就不会有良雄的今天。从农民工变成商界的佼佼者，这是一个草根族的中国故事。祝愿良雄在未来的日子里，永远保持草根族的奋斗精神与善良朴素的家国情怀。

2019 年 12 月 12 日于西安

—

熊召政

熊召政，1953 年生，湖北英山县人，中国当代著名作家、诗人、学者，茅盾文学奖获得者，中国文联全委会委员。诗歌曾获 1979—1980 年全国首届中青年优秀新诗奖，长篇历史小说《张居正》荣获第六届茅盾文学奖、首届姚雪垠长篇历史小说奖、全国“五个一工程”奖、湖北省政府图书奖、屈原文艺奖等多种奖项。

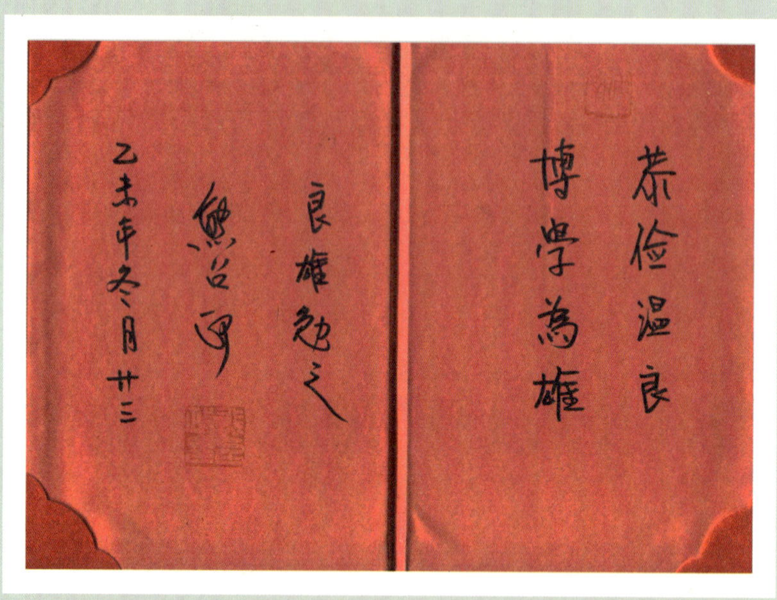

2015 年冬熊召政先生为良雄题

青春轨迹

——自序

《路遥》是我近几年一直想提笔，却一直提笔又止的一部自我的青春轨迹作品。

这里没有惊天动地的故事，也没有气贯长虹的情节，既无惊天动地的场面，也无缠绵悱恻的爱情。只是用最朴实的语言，娓娓道来已逝的最平凡的青春。它讲述的是已逝青春的历程，以及对人生的感悟和感想。这对于我及有可能阅读的人来说，也许《路遥》是人生道路上的一道风景。它既孤独寂寞，又豪情壮志，它既充满坎坷，又充满憧憬。它既无色无味，却又有动人的魅力，令你激情洋溢。让你想永远停留在青春的时光，而涌动回想，又对未来无悔无畏，充满期待。

《草根路寻》的诞生，完全是一次偶然性的。当我提笔准备写书时，每每一段又一行行一页页，总感觉整个人像在被掏空似的，完全地纯净，完全地流露。不掌任何色彩和光芒，只知道只要我的材料，只要是生活的，就觉得它是人生的价值。一般前行的动力，可去激励自己，推动自己，不断前行，而无任何畏惧，无任何失败，根本不去想自己结局也不再年青。

但随着落笔时间的消逝，记忆到后面这一些都离我远去，才觉得写烦了，不知又写到哪？再该写些什么？于是我死死抓住那些迷糊模糊，但又刻骨铭心的记忆残片，高度浓缩地刻画它来回填我的使命——完成《草根路寻》，给我五十岁[illegible]，给自己青春时代做一个总结。至于能否写到我的满意，实在没有把握。

5.12

自序一

青春轨迹

《草根路寻》（原定名《路寻》）是我近几年一直想提笔，而一直提笔又止的一部回首自我青春轨迹的作品。

此书没有惊天动地的故事，也没有曲折动人的情节，只是用最朴实的语言，娓娓道来已逝的最平凡的青春。它讲述的是我青春时代的种种经历、体验，以及对人生的感悟和总结。对于我及有可能阅读的你来说，也许《草根路寻》是人生道路上的一番风景。它既孤独寂寞，又豪情壮志；它既风雨坎坷，又烈火熊熊；它既无色无味，却又有动人的旋律，令你激情满满，让你想永远停留在青春的战场上而充满活力。对未来无惧无畏，无问西东，昼夜兼程，努力前行。

《草根路寻》的诞生，完全是必然性。当我提笔书写，每每一段段一行行一页页，总感觉整个人像被掏空似的，无尽的倾泻，无尽的流露，不带任何色彩和光芒。只知道只要有就写，只要发生过的，就觉得它是人生的催化剂，一股前行的动力，可去激励自己，推动自己，不断前行，而无任何畏惧，根本不去想自己已然不再年轻。

但随着落笔时间的间隔，记忆到后来还是一步步离我远去，主要是觉得写烦了，不知又写到哪了，再该写些什么。于是，我死死抓住那些近乎模糊但又刻骨铭心的记忆残片，敲骨吸髓地利用它来继续我的使命——完成《草根路寻》，给自己五十岁圆一个梦，给自己青春时代做一个总结交代。至于能否写到自己满意，能否给读到此书的人带来些许思考，我实在没有一点把握。

从 2019 年 2 月 3 日正式动笔到现在，整整半年又不见了，中途几次想停止工作出去再写，可几次想法都被自己不够坚定的信念摧垮，而没能付诸现实。有时，真心很讨厌自己，每每信誓旦旦地一次次内心决定，马上写，即刻写，但却又用万千种理由阻碍下笔，渐渐地自己也快没耐心了，快挺不住了，以至有想放弃的念头。更头疼的是，写作这根本不是我想写就能写的呀，我是一个才疏学浅，基本没什么文学功底的人，对于写书就是一个很笨拙无天赋的人，就更别谈什么著书立传了。而这几年我不知又哪来的勇气和底气，一定要写出这本《草根路寻》不可。

眼看自己就五十岁了，人生已至半百，想趁自己似乎还拖着青年的尾巴，哪怕还有一天，也要将自己曾经的年少和已逝的青春之奋斗轨迹，真实简单地留存下来，给自己一个鼓励，给自己一个嘉奖，还一个真实的自我，同时希望能带给年轻人一些启发，给年轻人一些成熟的思维，以免他们误解了岁月静好的内涵和外延，让他们树立正确的人生观，价值观和世界观，从而激发他们与时俱进的人生态度，即习总书记所说“幸福都是奋斗出来的！”

11 月 7 日，我拖着一个很大的行李箱（因为怕懒了，不洗衣服就没干净的可换，所以带足了半个月的换洗衣服）又来了，又来到了我最初提笔创作之地——泸沽湖。不为什么，只为圆梦《草根路寻》，圆梦自己的前半生，也以此来开启未来的新生五十年。

2019 年 11 月 7 日于泸沽湖

《草根路寻》

唐良雄

行行走走，走走行行，
风雨坎坷，路寻不停。
顿回首，
五十载春秋话输赢。

寻寻觅觅，匆匆忙忙，
人生半百，休彷徨，
展未来，
天命之年，斗志扬。

目录

CONTENTS

《路寻》诞生记

记得前年（2016年），曹文轩先生热情地邀请我，让我到我们学校，为大学生讲讲自己打工创业生涯和人生感悟。我们现在的大学生太好高骛远，会沉迷一些虚拟而不切实际的世界里，改革开放热血沸腾的创造年代也一并遗忘和淡忘。你在那奋斗打拼了40年之久，相信你的一些辛酸奋斗经历，能引起年青人的共鸣。”我当时想：“我这个人的坎坷挫折故事，也许可以让他们受到些许启发，但我又何德何能？一没有高深的文化背景，二没地位也没有财富撑杆，三又不是什么成功的企业家，这怎么能让年青一代的大学生们信服呢？”于是就此作罢，一笑了之。一段时间后，又想起此事，突然心动。

既然没资格面对面跟那些大学生宣讲，我为什么不可以将这些经历写出来，权当回忆自己的过去，也可以作为以后我五十岁生日提前送一份礼物，那也不错啊。

二年前（2017年），我与朋友们聚一聚会，小酌欢饮，畅聊人生，回忆往事。其间谈到现在人们很多都不喜欢读书看电影了，尤其是有关创业励志的小说影片。我说我想以本人打工创业的人生经历写出来，看能否影响一部分年青人。朋友听后，举双手支持鼓励，并为之很是期待。这更坚定了我做这本书的信念。当时我们便提起思考书名，《追梦》从此便诞生了。

2018年圣诞跨年之日子，我来到美国芝加哥，与我儿子团聚（他在美国读书），认识电影导演王世，一天下午无意，

《草根路寻》诞生记

三年前（2016年）曾有人几次开玩笑地邀请我，“唐总，能否请你到我们学校，为大学生讲讲你的打工创业故事和人生感悟。我们现在的大学生太好高骛远，尽沉迷于一些虚拟而不切实际的梦幻里。而改革开放的前沿阵地——东莞和深圳，你在那奋斗打拼了十八年之久，相信你的一些奋斗经历，能引起年轻人的共鸣”。我当时想：我之个人坎坷挫折故事，也许可以让他们受到某些启发，但我又何德何能可以担此重任？我一没有高深的文化，二没有社会地位且不是财富标杆，三又不是什么成功的企业家，这怎么能让青年一代的大学生们信服？他们怎可能对一个平凡的无任何头衔的人的演讲感兴趣呢？”于是就此作罢，一笑了之。

一段时间后，我又想起此事，突然心动。既然没资格面对面跟那些大学生分享，我为什么不将这些经历写出来，权当回忆自己的过去，也为日后五十岁生日献一份大礼，那也真心不错啊。

两年前（2017年）我与朋友约聚东湖老门茶馆，小吃欢饮，畅聊人生，思索未来。其间谈到，现在人们似乎越来越喜欢读书看电影了，尤其是有关创业励志的小说影片，颇受年轻人欢迎。我说我想将自己打工创业的人生经历写出来，看能否影响一部分青年人，也算是做点社会公益吧。朋友听后，举双手支持鼓励，很是期待，这更坚定了我必须写书的信念，当时我们便思考书名，东想西想，突然想到朋友的网名“路寻”，我说，草根出身的我们的人生之路，不是一直都在寻找吗？这个名字寓意相当合适。

于是，《草根路寻》书名便就此诞生了。

2018年圣诞跨年之际，我来到美国芝加哥，与儿子团聚（他在美国求学，主修电影导演专业）。一天下午六点，我们父子俩在一个地铁咖啡馆（Ogilvie Transportation Center），相互交流倾心而谈。我给他分享从童年、少年至青年、中年之我所有生活、学习、打工创业之艰辛、挫折磨难及辛酸血泪的人生经历，他静静聆听，感受至深，同时他也满怀憧憬地畅想自己的未来和美好的人生愿景。其间，儿子双眼直射未来，慷慨激昂，豪言壮语地说道："当我学成归国之时，必携西洋之技，融中国之思，振兴中国之未来影业。""儿子，豪放霸气有前途，男人就应该这样，有梦想有志气有未来！"我竖起大拇指。"来，我们以咖啡可乐碰一杯（他喝可乐，我喝咖啡），预祝我们唐导早日学成归国，如愿功成！祝愿我们未来的咖啡可乐人生美丽，前程似锦。"我们举杯，相视而笑，内心各自规划着自己壮丽的人生蓝图。

"我想写一本书《草根路寻》，2019年我就五十岁了，想给自己的前半生一个交代，书的内容主要描述我这一生的坎坷心酸和打工创业的故事，应很励志，可以给年轻人某些人生启示。"我说，"这能否将此拍成一部电影，也许会有意想不到的收获呢。"他听后微微一笑，"当然可以啊，这些素材也挺不错的"。我们一拍即合，握手分工，我负责于2020年1月1日前将书写完，并承担拍电影之所需费用（如果能拍电影的话），他负责整理素材，进行编辑，制作及筹划导演，主演由我们父子俩分别出演我的年少青春和成熟中年，哈哈哈，简直完美，我们很兴奋很开心，很激动！那晚在那个地铁站（Ogilvie Transportation Center，永远值得回味的地方）聊至凌晨一点左右，时间长达七小时之久，我们离开咖啡馆时，感觉梦已成真似的，眼前闪烁着成功的欣喜，带着各自美好的憧憬，匆匆消失于灯火辉煌繁华的大街上。这晚气温很低，内心却火热，浑身温暖如春。

时间就这样在不知不觉中悄然流逝，没有任何声音，没有任何味道。两年来，一直想提笔，却一直找各种理由暂时放下，笔总是不听指挥、难以落下。

2018 年与儿子在纽约参加
一电影讨论活动后留影

父子异国忆童真，
咖啡可乐话人生。
倾心畅谈七时整，
相约开启新航程。

2019 年 2 月初，终于鼓足勇气，带着各种承诺和梦想，在举国欢庆阖家团圆之新春佳节，将自己独自一人封锁于泸沽湖，开始提笔挥墨，誓将《草根路寻》于 2019 年 12 月 30 日前完成终稿。同时还有一本个人诗集《无痕诗语》（我闲暇时乱写乱作已五年有余，可能算不上什么诗，但所作的诗反映的都是生活的现实）也必须于同日终稿收笔。

《草根路寻》这本书主要讲述的是我五十年的人生历程中生活学习打工创业的一些风雨坎坷往事。虽然至今我无成功可言，但希望借此书的问世，能些许打动现在的年轻人，希望他们能从我打拼的点滴故事里，激发自己的斗志，悟到自己的未来！希望他们能从我这些平凡的故事里，更能读懂自己，不再沉迷于虚幻和空想中，希望他们能面对现实，用一种务实感恩和珍惜当下的心态，来规划自己美丽而壮观的人生。

什么是人生？人生就是永不休止的奋斗！只有选定了目标，并在奋斗中感到自己的努力没有虚掷，这样的生活才是充实的，精神也会永远年轻！

——摘自《平凡的世界》

（第一章 苦涩的童年 即我父亲的回忆）

△："菊平，快，快去叫你继娘来。"母亲撑着大肚子，

你妈吃力地呼喊着丈夫。在这个寒冷的清晨，而你握的土坯搭稻草屋子里，只有十一岁的大哥和双腿受伤的回家，不太懂事的。

不一会，继娘急匆匆地来了。"菊平，快去拿一条棉被和一些稻草来。"继娘吩咐着，开始忙碌起来，准备迎接我的降临。

接前面页续

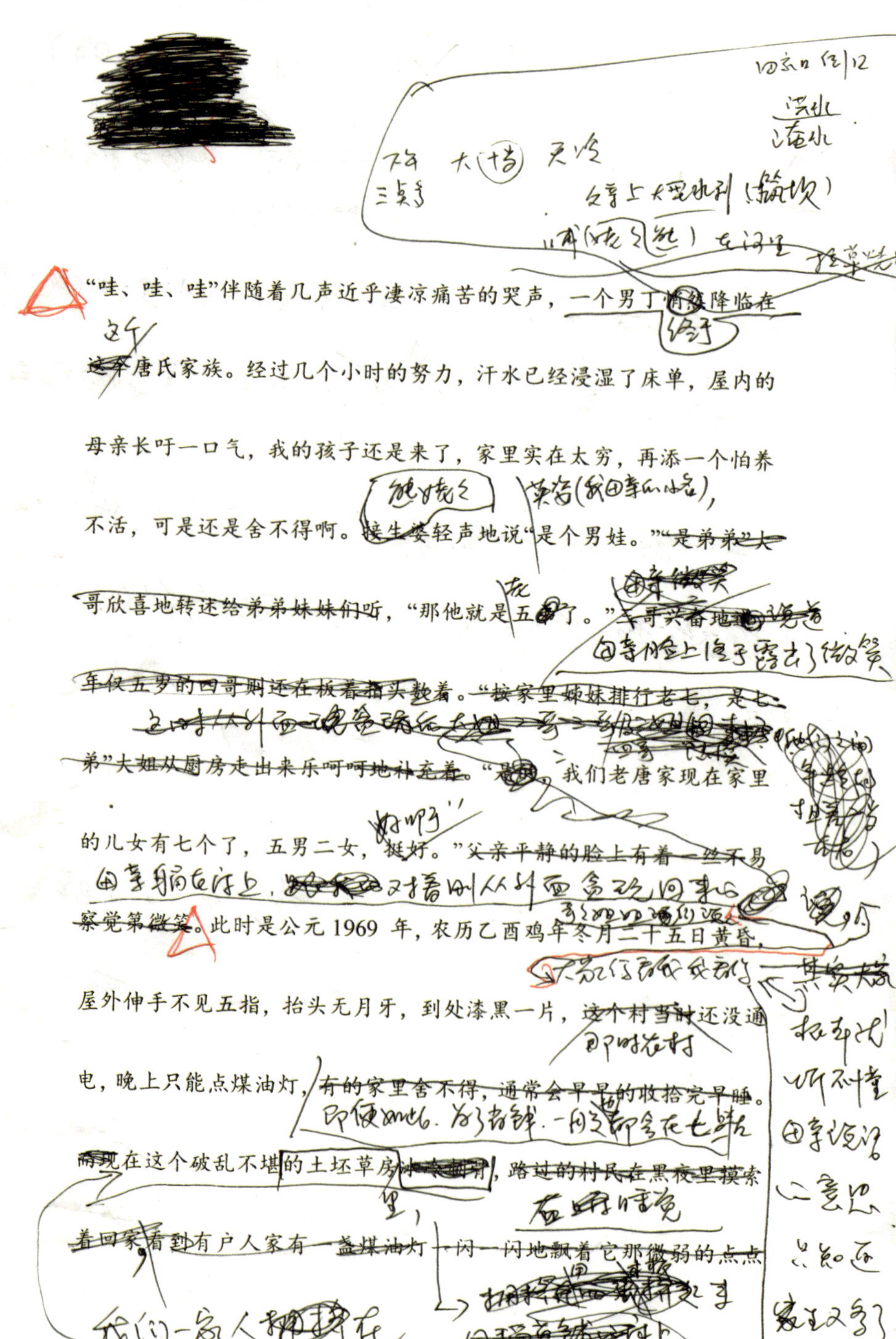

"哇、哇、哇"伴随着几声近乎凄凉痛苦的哭声，一个男丁悄然降临在这个唐氏家族。经过几个小时的努力，汗水已经浸湿了床单，屋内的母亲长吁一口气，我的孩子还是来了，家里实在太穷，再添一个怕养不活，可是还是舍不得啊。接生婆轻声地说"是个男娃。""是弟弟"大哥欣喜地转述给弟弟妹妹们听，"那他就是五弟了。"三哥兴奋地说着年仅五岁的四哥则还在板着指头数着。"按家里姊妹排行老七，是七弟"大姐从厨房走出来乐呵呵地补充着。"是啊，我们老唐家现在家里的儿女有七个了，五男二女，挺好。"父亲平静的脸上有着一丝不易察觉的微笑。此时是公元 1969 年，农历乙酉鸡年冬月二十五日黄昏，屋外伸手不见五指，抬头无月牙，到处漆黑一片，这个村当时还没通电，晚上只能点煤油灯，有的家里舍不得，通常会早早的收拾完早睡。而现在这个破乱不堪的土坯草房内亮着灯，路过的村民在黑夜里摸索着回家看到有户人家有一盏煤油灯一闪一闪地飘着它那微弱的点点

第一章　贫寒的童年

天堂与地狱，幸福与悲惨，现实通常处在二者之间，正如电视剧《北京人在纽约》的开场白：“如果你爱他，就把他送到纽约去，因为那里是天堂；如果你恨他，就把他送到纽约去，因为那里是地狱。”但人们仍挣扎在这苦与乐的海洋中，因为人生来便有梦想，只是从一个梦想走向另一个梦想。上苍其实也会偏心，有些人是含着金钥匙来到这个世界上的，他们生活在上层社会，而有些人却生活在社会最底层，他们注定要流血流汗以赚取生活的每一点资本。但尽管如此，抱怨和计较却丝毫无法改变你的境遇，只会徒增自己的烦恼，甚至会让你的生活变得越来越糟糕，以至颓废，萎靡不振，而酿成终生遗憾。

苏格拉底年轻的时候曾和几个朋友住在一间几平方米的小屋里，虽然生活清贫，但他每天都保持着好心情。

朋友问他：“咱们那么多人住在一起，空间这么拥挤，日子也清苦，你每天有什么可乐的？”

苏格拉底说：“朋友们住在一起，可以随时交换思想、交流感情，难道不值得高兴吗？”

后来朋友们都相继成家，搬出了屋子，孤身留下的苏格拉底每天仍然很快活。

那人又问：“朋友，你现在如此孤单，还有什么好高兴的？”

“我有很多书啊！一本书就是一个老师，我现在可以随时向它们请教，这难道不令人高兴吗？”

之后，苏格拉底也结婚成家，搬进了一栋七层高的大楼。他的家在最底层，楼上扔下来的垃圾经常会堆放在离他家门口不远的地方，环境差极了。那朋友见他还是一副快乐的样子，好奇地问：“难道住这样的房子，也让你高兴吗？”

“是呀！因为我进门不用爬很高的楼梯；搬东西也方便，甚至我可以在这儿种花呢，多方便啊！”苏格拉底回答。

后来，朋友遇到柏拉图——苏格拉底最得意的学生，于是，他问柏拉图：“你的老师总是那么快乐，但是我不觉得他的环境有多好呀。”

柏拉图答道：“决定人心情的，不在于环境，而在于心境。”

人生就像穿行在虚空的一叶扁舟，终将抵达心灵的彼岸。无论曾经被痛苦囚禁过多少日子，无论曾经享受过多少欢愉，一切终将被岁月淹没。生活赐予我们的眼泪无法拒绝，就如同我们也拒绝不了生活中涌现的幸福。鲁迅先生说过：“希望是本无所谓有，无所谓无的。这正如地上的路，其实地上本没有路，走的人多了，也便成了路。”因此，面对生活的窘境，无论何时，只要我们自己还愿意继续，愿意与之抗争，命运的转机就会如期而至。

“菊平，快，快去叫你熊姥妈（熊姥姥，即我父亲的母亲）来！”母亲撑着大肚子，很吃力地呼喊着老大，在这个寒冷潮湿而低矮的土坯稻草屋子里，只有十一岁的不太懂事的大哥和难受的母亲。不一会儿，熊姥姥急匆匆地来了，“菊平，你快去拿一条棉裤和一些稻草来！”熊姥姥吩咐着，开始忙碌起来，准备迎接我的降临。

“哇、哇、哇”伴随着几声响彻寒夜的哭声，一个男丁终于降临在这个唐氏家族。经过几个小时的辛苦挣扎，屋内的母亲长吁一口气，我的孩子还是来了，家里实在太穷，再添一个怕养不活，可是还是舍不得啊。熊姥姥轻声地说：“英姿（我母亲的小名），是个男娃。”“那他就是老五了（实际排行老七）。”母亲脸上终于露出了微笑，“我们老唐家现在家里的儿女有七个了，五男二女，好啊。”母亲躺在床上，对着刚从外面回来还不懂事的哥哥姐姐们说，大家你看我我看你，根本就听不懂母亲说话的意思，只知道家里又多了一个生命，多了一张吃饭的嘴。

此时是公元 1969 年，农历乙酉年冬月二十五日夜。屋外伸手不见五指，抬头无月牙，到处漆黑一片。那时农村还没通电，晚上只能点煤油灯。即便如此，为了省钱，一般也会在七点半左右睡觉。我们一家人在这个破乱不堪的土坯房里，拥挤在一张大铺板上（由两个木板拼起来的大铺，上面铺上厚厚的稻草，以此取暖）。外面虽冰冻寒冷，但屋内却暖融融的，因为我的到来，大家都还是异常的开心。“不知你们父亲怎样了，他一人在外挑堤（那天父亲去上大型水利任务，即挑堤筑坝，那时公社只要是有劳动能力的男人，必须去挑堤建设大型水利工程，这样一是可以防止洪水肆虐，二是可以用作水路交通），肯定是又冷又饿。”母亲自言自语道，随即吹灭了煤油灯。

这个平凡的九口之家位于洪湖县曹市区观阵公社（又称公家湾）三大队五小队，即现在的洪湖市戴家场镇河坝村一组。村里的主路是一条宽一米左右的坑坑洼洼的泥巴路，每到雨季，这条泥巴路就成了“浆糊”路。村民踩着这泥浆出行，穿着浅一点的鞋子走在路上，鞋子一下子就会被浸湿，带出来的就是满脚的泥，所以只能深一脚浅一脚的慢慢走，如走快了脚不稳，你就会洗个泥浆澡了。

大概三岁的时候吧，有次下雨天，父母亲做完工回来正好赶上大雨，又累又饿，想着快点赶回家，可是这个路况不好，他们只能慢慢前行。当时小小的我什么忙也帮不上，只是坐在大门的门槛上望着外面等着母亲回来。当他们回来时浑身都湿透了，裤腿上满是脏脏的黄土泥巴。“彩平，你饿了吧？我马上去给你弄吃的啊。”母亲一回来就对我说，却毫不顾忌自己的疲劳与身上的泥巴。要是外面的路都铺上砖头，那下雨天父母亲的身上就不会有泥巴了，我瞪着眼，看着母亲望着外面，心里默默地嘀咕着。1996 年，我在东莞打工期间，村里书记电话我，说想将村路改造下，修柏油路，当时我是带头支持，虽然钱不多，但却终于了却了我小时候的一个心愿。

2010 年，当我事业小有成就，回到家乡，沿着四米宽的水泥路进到村里，路边是清一色的二层或三层楼房。我不禁心生感慨，改革开放后家乡已经迅猛地发展起来了。喝着清澈甘甜的洪湖水长大的我，寻思着也该为家乡做点什么。我在村里转悠了一圈，发现村里没有路灯，于是向村里的支部书记提议将村里路灯装上，为大家做点实事。书记很高兴，拍手称好，当时我们就拟定了路灯安装的方案，由书记去核实要安装路灯的路段和数量，我负责安排路灯的灯杆、电源线、灯泡等配件的购买以及安装。这年夏天，我公司将村里路灯所需的所有设备材料，运到河坝村，由公司技术人员负责安装施工，期间工人吃住都在我家，历时一个月时间，经过最后的通电调试，我们村终于如同城市一样拥有了洁白明亮的照明夜景。现在每当我回老家，夜里漫步于如同白昼的乡村道路上，看着这蓝白相间的一排排路灯，我总会不由顿生一种小小的喜悦和成就感。

时光倒转回我出生那年（1969 年）。当年，长江边田家口（今黄家口镇）倒口、洪水肆虐淹没了大部分村庄，致使农田收成减少，很多人家温饱不济，阡陌纵横的乡间小道旁，破旧的土坯房零零星星分布着，房屋完整的也没几家。农村土坯房格局一样，堂屋连着间大屋子，旁边是灶房和柴棚，土坯泥的墙，稻草盖着的屋顶，冬冷夏热。这个九口之家只有两个主要的壮年劳动力，大哥大姐辍学在家务农，可他们稍显瘦弱的肩膀还无法挑起生活的重担。这个孩子还在肚子里时，母亲时常悄悄地抹眼泪，因家里实在太穷，再添一个怕养不活，可作为一个母亲又不忍心割舍孩子。已经懂事的大哥对母亲说，还是要吧，家里没米吃，就吃大麦粉充饥，希望他的到来能改变我们家庭的贫困处境。半年后，这个在冬月生下的男丁取小名彩平（原踩平），学名唐良雄，意为我的到来能为这个贫困清苦的大家庭带来些许温暖，摆脱目前的困境，做一个英雄，将来能为这个大家庭遮风挡雨，增光添彩。

20 世纪 70 年代还是计划经济、衣食住行柴米油盐酱醋茶，都是凭票享用，家里的基本口粮则是靠在队里挣工分来换取。我们这个大家庭当时必须每天挣上四十个工分才可维持温饱，否则就算超支户，超支就要被罚款。为了能让一家有足够的口粮，不超支罚款，大哥大姐除了白天农忙（称“白工”），早晚还得去捡鸡粪、猪粪、牛粪等上交，以此来换取工分。

而母亲则去田里做拉泥工，即身后一个劳力撑犁，前面排五个人五根绳子绑在犁上往前拉，把人当牛使用（当时牛很少，而田里农耕之事又多，所以只能用人当牛使用），在田里拉犁耕田。一天 10 小时十分工，从早上 7 点开始下田到中午 12 点，匆匆吃上几口饭后，大概从下午 12 点半开始接着做到 5 点半，出工和收工信号以小队升降旗为准。5 点半回家后，稍作休息，便再去做夜工，大概三个小时左右挣四分工。

父亲则去挖泥，即用船到河里挖些肥泥巴，再将其用瓢子甩到地里当肥料使用，一船二分工，一天挖五船即十分工，一天 10 小时，由小队记工员来验收做事。

拉泥工和挖泥工，一天即使不休息，最多也只能挣十分工。

队里记工分的方法是用扑克牌、数字代表工分数，花牌代表十工分。发工分即用相对应的数字扑克牌，盖上三大队五小队队委会的公章由专人发给你，再每月统计一次，看你家超支与否（按人头来计算）。

那个年代是吃大锅饭的时代，每天每家两顿饭，两顿饭是依你家做的工分多少到队里集体食堂打饭。队里有个大的灶台，上面放着一个大蒸笼，蒸笼里放的就是一家一个大瓷碗，碗里的米即是每家该餐应能分得的数量，一到放工的时间每家就依姓名来领饭。我们一家九口人，通常估计能领到 3 斤左右的米饭，每个人一天只能吃上大概 3 两大白饭。父亲、母亲每天要干力气活，我们七兄弟姐妹都是在长身体的时候，一家人仅靠这点米饭怎么可能吃得饱。母亲为了让我们充饥，经常在收工后去田埂子上挖些野菜，回家把野菜水煮后用盐拌着给我们吃。因为超支户油票发得少，这样一家子正常吃的油就自然也不够用，所以小时候的我们是没什么饱腹感的，一直想着什么时候能大吃一顿，吃到肚皮圆滚滚的，我记忆中的第一个愿望大概是何时能吃上一顿饱饭。

我们家人虽多但劳力少，哥姐都要念书，所以无论父母怎样辛劳，每年也摆脱不了超支户的命运，一到年底，作为超支户户主的父亲，都会被传到公社住学习班，学习班一般是春节前去受教育写检讨三天，这三天不准回家，每天反省写检讨书，然后再写保证书，保证来年不再超支并写清楚本年的超支款何时归还。朴实的父亲每年就这样重复着接受教育，做着检讨，冬日里公社没有取暖的地方，偶尔能听到其他村民乐呵呵地商量着过春节制新衣、做腊肉，而父亲这三天只能卑微地在公社反省，不时抖抖腿、哈哈气、搓搓手，让自己稍微暖和点，心里盘算着来年还要怎样养活一大家子。我们七个孩子就这样饥一顿饱一顿地慢慢长大，生活再难，父母亲都没说要放弃我们，总说着一家子还是完完整整团团圆圆的好。

岁月慢慢地煎熬着，无论多苦多难，父母亲不同于别人的是让我们七姊弟尽量多上些学。1971 年某日大队仓库棉花不见了，当时因我们家特别穷总是超支，队里就怀疑是父亲偷去卖了，因此把父亲抓到队里审问，那时候还没有这么强的法制观念，抓到公社后免不了一顿毒打，父亲想着为了养活一家人没日没夜地赚工分，不仅解决不了一家人的吃饭问题，还被冤枉，老父亲被这一根稻草压到差点上吊自杀。结果偷队里棉花的人最后查出来了，那人被罚带上罪犯大纸牌，全村敲锣游行认罪。尽管查明了真相，洗清了父亲的污点，可父亲变得越来越沉默，不像以往那样拼命挣工分了，而是寻思着如何致富。

1974 年冬天（我五岁那年），临近春节，外面稀拉地散着点阳光，看似温暖，其实有的只是呼啸的寒冷，原本屋顶已无法遮风挡雨的两间小屋，有两面墙还因欠队里超支款无力偿还而被拆去抵债（那时队里有个砖窑厂，这样土坯砖队里拆走后可以再拿去烧制青砖，然后分给那些工分挣得多的家庭），家里仅剩一间堂屋和一面可挡风雨的土墙，于是父亲在此搁了两张铺，一家九口一并挤住在这里。为了多挣工分，家里喂了一头牛，一头牛每年可挣七十分工。冬天怕牛冻死，一年的辛苦白费，于是那头牛也就和我们住到了一起避寒。至于另外一面被拆的墙只好用稻草堆起挡点风雨，可是这些稻草堆起不了多大的作用，风一刮，一股股寒流就穿堂而过，把人吹得鼻涕直流，我们只好在屋子里不停地跺脚、来回走动，或蜷缩于某个角落，以免自己被寒冷冻僵。

没有经历饥饿的历史，你便不知道一粒米的可贵，不知道那些被太阳晒黑了皮肤的耕种者的可敬，更无从感受饿得头昏眼花或者伸手乞讨的可悲和可怕……

母亲已出门两天了，出去讨米要饭给我们过春节（这个村的口粮大部分家庭不足，一般临近春节，就结伴外出讨米要饭，以此来维持生计）。我们兄弟姊妹望着外面无情的阳光，看着屋外光秃秃的树枝在狂风怒吼中摇曳不停，饥寒交迫地等待着，望眼欲穿地守候着母亲的归来。

“姆妈（母亲）回来了，姆妈回来了！”我们欣喜若狂，像是拉住了一根救命稻草似的狂奔到母亲身边，只见她肩上背的、手上提的，衣兜里包裹的都是吃的，有炒米、麻角子、麻花、坛子等等，我们个个如饿狼似的抓着吃了起来，母亲站在一边看着我们幸福地笑了，眼里噙满泪花，为了讨来这些吃的，她不知付出了多少血泪，遭受了多少人的白眼，不知忍受了多少的辛酸和委屈。年幼的我们当时全然不知，全然没顾，只知肚子饿，有吃的就高兴。如今，我一旦想起这些，母亲那被寒风刺穿冻肿的手，满脸被雨雪侵蚀的有裂纹的脸庞，那带着冰花流出的眼泪，这一幕深深地刻在了我的脑海，让我永生难忘，想起了就痛心且会失声痛哭。

慢慢地，我逐渐长大，开始为家分忧，每天天没亮便起床去放牛、挑猪菜、捡粪等，那时猪菜、牛背和粪篓几乎成了我生活的全部。记得 1975 年有次与同村人抢猪菜，两个人为了多挑点，相互之间争吵起来，争吵中年长我两岁的同村大姐用挑猪菜的铁铲把我的右眼砍伤了，幸亏没伤到要害，但至今我右眼还是残留下了岁月的伤疤和记忆。

那个时候，我是很喜欢放牛的，放牛几乎不用太管它，只要它不到处跑即可。因为田埂上到处都是草，这样我就可以看书，坐在秧田梗上或骑到牛背上看都行。尤其是夏天的早上放牛最舒服，凉快、空气好又没蚊子，如果傍晚放牛，蚊子就多了，那蚊子咬的简直让你不得安生。记得那时我看了一本小说《杨七郎打擂》，这本书头尾都已烂得不成样了，即便如此，我好像将它看了三遍，书面都让我给翻乱了。书中一代忠烈杨家将保家卫国的精神，以及男子汉那种铁骨铮铮的气概，令我无比感佩和敬仰。还看了岳飞精忠报国等，正因为这些书，在那个年代我就想当一名军人一名解放军战士，希望自己也能上战场去保家卫国。

除此之外，在那个年代，金庸的武侠小说很流行，我曾看过《天龙八部》、《神雕侠侣》《倚天屠龙记》等。2018 年，听闻金庸先生逝世后，我为大师的离世深感惋惜，慨叹万千。

青年才俊武侠心，
江湖一人江湖行。
金老笑书射雕传，
威震侠坛显赫名。
郭靖黄蓉桃花岛，
沧海英雄爱国情。
泰斗今别九十四，
千古传奇引共鸣。

——《悼念金庸先生》

穷则思变。从我记事起，家里就穷得惨不忍睹，这种现象深深地刺激、鞭笞着我。俗话说穷人家的孩子早当家，一个夏天的夜晚，临村放电影（那个年代，公社电影都是晚上到村里播放，这是农村唯一的娱乐生活）。我步行八里之遥去看电影，只见电影场内有些小摊点在卖油条、锅盔、发糕和茶水等。当时“割资本主义尾巴”的口号还比较响，主要打击倒买倒卖，但农村里把家里节余的，自留地里生产的，山上河里采集的拿到乡镇集市卖，然后换些钱回来是允许的。为什么我不做点小买卖来挣钱呢？更何况卖茶水用的茶叶其实就是晒黄的大树叶，根本不需要成本。

几天后，公社安排到我们小队放电影。“姆妈（母亲），能否帮我烧一壶茶，今晚我拿到电影场去卖。”树叶茶是母亲平时从树上摘的，然后在太阳下晒晒，让绿色变淡黄即可。此茶喝起来清甜可口，看电影的时候润润喉咙再合适不过了。

那时我六岁，就这样拿着一壶大树叶茶、一个小方木桌、几个杯子开始了我人生的第一次买卖。记得那场电影放的是《苦菜花》，影片中描写了一位英雄母亲，一位普通农村妇女冯大娘，在党的领导下，在残酷的对敌斗争中，如何锻炼成长为一个有阶级觉悟和崇高爱国主义精神的战士的。“苦菜呀花儿开呀，香呀么香又香，朵朵鲜花映太阳，受苦人拿起枪……

永远跟着党”电影里展现的穷困的生活场景，尤其是冯大娘那饱经风霜的石窖，那补了又补的衣着，犹如自己的母亲和家境，都一一展现在银幕上。最后革命成功了，一切迈向光明，结局充满希望。我看着电影，想着当时家里的艰辛，看着电影的结局，坚信着我们家的生活也会好起来。

电影散场，回家之后我兴冲冲地数着手中的钱，当晚卖了二角四分钱，一分钱一杯，即卖出了二十四杯茶，母亲看着我交给她的一叠钱，乐呵的简直合不拢嘴，笑眯眯地说：“辛苦讨得快活吃，阔得阔得（即很好很好）。”因那时在队里做工，干最辛苦最累的活，一天十小时下来也就能挣十工分即三角钱，母亲看着这二角四分钱，不高兴才怪呢。年幼的我当时还不知道什么叫商业、什么是市场，只是在生活中细细观察，寻找着每一个能改变生活的机会。

那夜的天空仍漆黑一片，但我的内心敞亮敞亮的，觉着到处如同白昼，走到哪都犹如星星点灯，照亮着我的每一步。真好，要是公社多放几次电影，那我赚钱的机会会更多，我心里默默地数着下次放电影的日子，并总结出要是我多笑笑，嘴甜点，兴许下次能多卖几杯茶，多赚些钱呢。

再回首，忆起南下打工，在社会上打拼，浮浮沉沉十来年，等到当有机会选择创业，自己做老板的时候，我毫不犹豫地开始了。原来一切都是有因果的，因为穷萌生了做生意的想法，因为不甘于贫穷，对美好的生活始终充满希望，所以一步步前行。对于人生路上的每一次苦难，挺住了都是一次历练与成长，不论命运让人遭遇到多么糟糕的境地，只要不倒下、不放弃，上天就不会辜负那份善良和坚强。

一个天寒地冻的日子，窗外飘起了片片雪花，雪花被呼啸的北风吹得漫天飞舞，模糊了人们的视线，它们顺着破烂的门窗纷纷钻进教室，温暖了自己，寒冷了我们。

“铃、铃、铃”大家期盼的下课铃声响彻四周，打破了这冷冰冰的学校的沉寂，同学们争先恐后地奔出教室，去迎接家人为他们送来的御寒衣物及雨具等，教室里一下子空荡荡的只剩下我一人了，此时我觉得寒冷已侵至我的心脏，透心的冰凉，我下意识地裹紧自己那补丁加补丁，而又无扣子、皮带，仅用绳子缠绕着的棉衣棉裤。应该没有人为我送东西的，可待在教室也是冷，走动走动还能让自己热乎一些，于是，我搓着自己冻得红扑扑的手慢慢地往教室外走。

“彩平啊”，刚走出教室，一个熟悉而令我惊喜的声音传来，只见母亲拿着一双凉胶拖鞋和一把破旧的黄油布伞，来到我跟前，“家里也没什么防寒的衣物，你就凑合下吧，起码你脚上套上拖鞋后，雨雪不会那么快湿透你的脚心，这样你的脚也不会被冻伤。”我望着母亲，泪水禁不住湿润了我的双眼，我因母亲带来的温暖而流泪，我因家里这么寒碜自己却无能为力而流泪。“长大以后，一定要彻底改变这贫穷凄苦的现状，以此来回报母亲那博大无私的爱”，我心里默念着，暗暗发誓。这就是我上小学的第一课，那是 1977 年冬天。

“家里实在没钱了，眼看孩子们又要交学费了，哪来的钱啊？”父亲跟母亲唠叨着，“正好村里有户条件好的人家，他们想要老五到他们家做儿子，你看行不行？”“那怎么行呢？”母亲说，“这七姊弟中，目前就数老五最机灵了，再穷也不能送人。”事后，我哥姐开玩笑地说：“彩平，将你送给一户有钱的人家，你去不去，那家有好吃的，有花衣服穿，你去不去？”“我才不去呢，我们家有坛子豌豆酱。”我答道。

“彩平，你要交学费了。”1979 年秋天，我上小学三年级，还没进入冬至，但外面异常寒冷。“我伯伯（父亲）说了，等他明年春上将小猪崽卖了就交学费。”我乞求似的望着老师。周老师说：“别说了，你就是八百块钱捉个猪娃子，就一张嘴巴（即只会说，没行动，因学费已说了几次交都没兑现）。”周老师知道我们家的情况，只说补上就行，课还是继续上。可随之而来的是我上学的生活越来越苦闷，越来越孤单，几乎没人愿意和我一起玩、一同学习、一同写作业（那时放学回家，都是二个或三个人在一起完成家庭作业）。

记得有一天放学，天很冷，我穿着一件用草绳系的破棉衣（我母亲怕我冷，所以用草绳帮我系得紧紧的），用很真诚却又害怕拒绝而又很渴望的眼神跟班上的一位同学说："我今天能和你们一起写作业吗？""不好，我已约了别的同学了。"他瞟了一眼我的寒酸样，不屑一顾地回答道。这样的场景，这样的眼神，这样的结果，我上小学时经历了很多次，但我还是一次又一次地总是不甘心地向同学发出邀请（因为我的成绩不好，怕作业完不成）。即便是一次又一次地被无情而冷漠地拒绝。这些同学包括男生女生，甚至还有我认为的好朋友，可贫穷的生活条件就是让他们和我之间筑起了一堵不可逾越的墙。

带着饥饿，带着贫穷，带着同学们的冷嘲热讽，我忍受着，忍受着，等着明年春天的到来。当时学费一学期五角钱，我们家读书的还有五个，最后还是母亲想办法，攒着家里母鸡生的蛋，为了卖个好价钱，赶了很远的路，凑够了学费。后来在外取得些许成绩的我和退休的周老师寒暄，闲聊起来时他还笑着说："当时就知道你是个机灵鬼，我肯定不能让你没得书读。现在看当年你们那几个就你走出来了，还干上了大事业。"其实听到此话，让我脸红且深感惭愧和内疚，惭愧的是，我并没什么大事业，眼前的一点点小成就离我梦想的实在是太遥远太遥远；内疚的是为村里乡亲及我这个家庭还贡献得太少，没有本事帮家庭和父老乡亲走上更加富裕美好的道路，尤其是还没能力好好孝敬父母亲的时候，他们却分别早早地离开了我们，每当想到这些，我内心就会很难过很自责，甚至眼眶不禁湿润，酸楚流泪。

"自古英豪出贫贱，纨绔子弟少伟男"。顺境中的人容易安于现状，往往贪图享受，不知奋进，不知道苦难为何物，进而没有志向！要成才怎能没有进取心呢。世界球王贝利喜得贵子，有记者贺道："看他长得多壮，今后他会成为像你一样的体育明星。"贝利不假思索地答道："他有可能成为一位优秀运动员，但绝不会像我这样成功。就因为他很富有，缺乏先天竞争意识，而我小时候却非常贫穷。" 为什么穷人的孩子能早成材呢，因为环境影响了他，家庭教育了他。著名心理学家霍兰德说："在最黑的土地上生长着最娇艳的花朵，那些最伟岸挺拔的树木总是在最陡峭的岩石中扎根，昂首向天。”

困难总是存在的，只是有的人就被困难压倒了，而有的人，反而把困难给灭掉了，并茁壮成长成可遮挡风雨的参天大树。那些你曾经以为很难过去的事情，其实终究都会过去，这些艰难的记忆，反而会成为滋养你成长的能量。我带着哥哥姐姐的期盼来到这个世界，承载着父母亲拉田、拉船的辛劳，满怀童年天真而早熟的梦想，在饥寒交迫与贫困交织中，我的小学生涯就这样有魂无体的度过了。

如今，每当有人谈起童年，并流露出美滋滋的幸福表情时，我就会默默离开。因为我的童年，是苦涩的、艰辛的。但一旦回味，还是觉得蛮开心挺快乐的，甚至是刻骨铭心。

20 世纪六七十年代虽是个物质极其匮乏的年代，但人们的精神和理想追求都是那样激情奔放，那时的我们不像现在的孩子整天读书，培优以及上各种各样的特长班，并且物质方面也是极其富有，各类玩具应有尽有，但他们都基本失去了孩童原本的童真和爱玩的天性。我的童年虽然贫寒饥饿，每天放牛、挑猪菜等，要帮家里做农活，但孩童爱玩的天性，还是发挥得淋漓尽致，虽然我根本没钱买玩具，但我们自制的玩具一点也不逊色，所以我的童年依然精彩丰富。

打弹珠：几个男孩将各自的弹珠丢在地上，然后用大拇指抵着中指，将自己手上的弹珠沿地上弹出去，如弹到谁的弹珠，谁的弹珠就输给对方，当然这些弹珠都是事先花钱买的，它的颜色是彩色条纹透明的，非常好看。

滚铁环：用铁丝弯个钩，找个铁圈圈，我们那时一般将木桶上的铁圈卸下当作道具，然后几人一起比赛，你想让它跑得快，就得学会让这个圆圈在地上滚动时还可转弯、加速、跳跃。

打陀螺：将一小截木头用刀刻出上粗底尖的圆锥体，并在圆锥体上刻几道槽，然后再用绳子或机器皮带上的细线，绑在一根木棍上制成鞭子，这样要想陀螺转得速度快，你就使劲用鞭子抽，一般这种游戏比赛的规则

1998 年，我打工回来后，带着半岁的儿子在以前就读的小学闲逛

是谁的陀螺在地上转的时间越久、速度越快，谁就获胜。

玩弹弓：将一个小树杈用小刀修得光滑光滑的，两端系上多根橡皮筋，子弹一般用地上的小砖屑或石子。小时候特别喜欢玩，主要是用于打鸟。

还有用小石头、小砖片在河里打水漂，以及手翻绳等。这些童年的游戏和取乐方式对我来说如数家珍，如今想起来，仍回味无穷。

除了这些，童年时光里最令我刻骨铭心的是，上小学时学校经常组织“忆苦思甜”活动，如一周的某一天由班级组织去田地里挖野菜，或在河边田埂上挖草根，然后收集在一起，统一在学校用大锅煮好，每人吃上一碗，以此来教育我们要学会勤俭节约，让我们明白劳动光荣的道理。

那些年那些事，虽终成了回忆，但却永远让你觉得值得珍惜和珍藏。虽然那已是再也回不去的时代……

第二章 苦涩的青春

1983年夏天，九月开学，我终于熬到上初中了——双河乡初级中学。那时的我从年龄上，因各种原因，已比同龄人耽误了近二年时光，也许正因如此，在求学上我比班上大我二岁左右的同学，更为自觉更加努力。自认为只有如此才可以，今后肯定会努力改变我们家贫穷落后的辛酸时光，让我们家也不再饥饿贫寒，且会荣光光耀门祖。

“卖冰棒啦，要不要冰棒，五分钱一根，或用一个鸡蛋换一根。”1984年盛夏，我像四哥读书时用的木箱（那时读书人一般一个木箱子，用来装书和衣物），以后改做冰棒箱，到大队部冰棒厂进冰棒去卖，以此来换取我的学费。

我背着书箱，打着赤脚，穿个短裤和破旧的汗褡子（即汗衫），迎着炎炎的烈日，跑回阔别的家门，还是老样，还是大家伙生活，还好意，那时气温一般在卅度左右，衣服是湿了又干，干了又湿，但不知怎么也不觉得热，只想着如何将一箱冰棒卖完再去换一箱来卖，整个暑假，我就这样，冰棒挣了30元钱，除交了学费，还为自己扯了几米黑色绸子布，做了条裤子打扮自己，那个暑假的成就让我得意得不行，觉得我可以有能力挑起整个田家了。

我们家兄弟姊妹七人，因人口多，吃穿艰难，就特别贫穷落后，加上我们都想去求学深造。

第二章　苦涩的青少年

人生，就是一个钟表。我们都在预先定好的转盘里轮回，都各自遵循着自己的生命轨迹。过去，不属于我们；未来，我们更无从知晓。生命的夭亡、爱情的幻灭、物质的得失……其实，真正属于我们的唯有当下。一秒钟是短暂的，然而当无数个一秒钟汇聚起来，就是一生。人生最大的课题也在于此，如果你在这一秒钟选择了快乐，那么无数快乐将汇聚成幸福的人生；如果你在这一秒钟选择了痛苦，那么无数的痛苦将积聚成悲剧的命运。人生的每一次选择都很重要，它决定着人生能达到的高度。

过去，有个穷苦的书生，准备赴京赶考。由于所带的盘缠有限，住不起条件好的客栈，只得在一家屠宰场的附近住了下来。由于靠近屠宰牲畜的场所，周围的空气也十分污浊，四处弥漫着刺鼻的恶臭和腥味。对这种生活环境不习惯的人，反胃呕吐是常有的事。

这个穷书生自然也难以忍受糟糕的环境，但是有地方住总比露宿街头要强。为了能让污浊空气中的刺鼻气味少一些，他特意买来一盆花，用来净化房间里的空气。

一日，一位阔绰的同学过来探望他，很远就闻到了刺鼻的臭味，忍不住呕吐起来。于是，这个同学连房间都不愿进了。他十分好奇，这么恶劣的环境穷书生是如何忍受的，难道就不怕因此影响备考吗？

穷书生淡淡地笑了，回答说：“因为我在房间里摆放了一盆花，每天闻见花香，就不会受那些难闻气味的影响了。”同学不相信，在那样的环境里，即便将整个房间都摆满鲜花，也应该是闻不到香味啊。

穷书生说："只要你什么都不想，就能闻到花香了。你若总是想着外面那刺鼻的味道，又哪里会有心情去闻花香呢？"

古人云："吃得苦中苦，方为人上人。"意思是说，人要敢于吃苦，在苦难中成长成才，才能最终出人头地。这句话的含义很多人都明白，但它真正的价值又有多少人能悟透呢？有的人领悟了，却因不够坚持而最终失败。有的人悟透又坚持了，所以，他的人生就会很精彩、很完美。

1983 年夏天，我终于熬到了上初中——观阵初级中学。那时的我因各种原因，已比同龄人输了近两年时光，也许正因如此，我比班上小我两岁左右的同学更为气盛且年少轻狂，自认为我已经长大，今后肯定有能力改变我们家，肯定能逆转时光，让我们家至少不再饱受饥饿和贫寒，且会光宗耀祖。

富兰克林曾说“贫穷本身并不可怕，可怕的是自己以为命中注定贫穷或一定老死于贫穷的思维”。贫穷带来的苦难不只是当下的身体与心灵上的赤贫，更大的创伤是它可能留在思维里的狭隘与偏见。在 20 世纪 80 年代的农村，很多人家自给自足，做买卖赚群众的钱会被周围的人指指点点，“没偷没抢，把东西卖出去我也付出了劳动，凭什么受指责。”我这样告诉自己，并开始绞尽脑汁地设法赚钱。

“卖冰棒啦，要不要冰棒，五分钱一根或用一个鸡蛋换一根。”1983 年盛夏，我将四哥读书时用的木箱（那时读书人一般一人一个木箱子，用来装书和衣物）找来，里面放些棉絮，以确保冰棒恒温不融化。然后，到大队部冰棒厂进冰棒去卖，以此来换取我的学费。

当时十里八乡的小商店少，在地里干活的村民累了要解解渴，还是很愿意花个几分钱买个冰棒吃的，我在心里盘算着。冰棒厂的冰棒 3.5 分钱一根，一个箱子大概能装 100 来根冰棒。冰棒厂负责批发的阿姨看我个头不大，平时还有点腼腆的小伙子要大批量地拿冰棒，还好奇了一番。之后，听说我是为了赚取学费，还好心地提醒我“彩平，你这冰棒拿了得尽快卖完，天这么热，小心化了”。我也有此担心，但是赚取学费的渴望还是让我坚定地对那个批发部的阿姨说：“卖得完，我就拿这么多。”为了保持木箱的恒温，我又特意把冬天穿的棉袄子也放在木箱子里头。我背着木箱，打着赤脚，穿个短裤和破旧的汗搭子（即汗衫），迎着炎炎的烈日，跑田间串家门，越是正午高温，越是大家在田里收割稻谷时，越是大家休息时，越好卖。

那时气温一般在 40 度左右，我就背着个木箱十里八乡地跑，路上遇到行人就问一句“吃冰棒不”。这种高温天气对着日头走，汗水不停地流，衣服是湿了又干，干了又湿，但不知怎么我就是不觉得热，只想着如何将一箱冰棒卖完后再去换一箱来卖。路上口渴了，走累了，就手捧河沟里的水，喝一口，洗把脸，继续吆喝着卖冰棒，至于自己吃一根冰棒解解馋，那是舍不得的，心里不停地对自己说一根能卖五分钱哩。

就这样，整个暑假，我卖冰棒挣了 39 元钱，除了交学费，还扯了几米黑色绸子布，做了条裤子犒赏自己，并穿着自己辛苦挣钱买的新衣服，专门到镇上的照相馆花两角五分钱拍了张黑白照片，好好地炫耀了一番。想着再也不用为了学费苦恼，求着老师看他人脸色了，我心里就像放下一副千斤重担般的畅快。那个暑假的成就让我觉得自己能创造自己的未来，且狂妄地觉得自己似乎有能力拯救整个世界了。

初二时，我用卖冰棒赚的钱在镇上的照相馆留影

其实那时我那么的意气风发，信心百倍，除了家务逼迫我想办法挣钱外，还因我看了一部电影《人生》。这部影片是1984年上映，根据路遥的同名小说改编而成。该片讲述了渴望到城市发展的农村知识青年是如何成功如愿，又是如何最终失去一切的故事。这部影片中纯洁的爱情，以及主角为了摆脱贫穷脱离农村，走向城市，努力拼搏，艰苦奋斗等都深深地影响了我，激励了我。我也发誓一定要好好学习，拼命努力，一定要改变命运飞向城市。有人说"贫穷限制了我的想象"。可我不这样认为，越贫穷我的想象越丰富，越是大得别人都不敢想象。

我们家兄弟姊妹七人，大姐二姐为了我们兄弟几人能上学均没读什么书，从小就下农田帮家里挣工分、挣口粮。大哥如今快七十岁了，眼睛瞎了一只，是在他十几岁的时候大病一场，可家里没钱给他看病，导致错过了最佳治疗期，致使左眼彻底失明。二哥人很聪明，吃苦耐劳，勤劳致富，本来已考上了高中，但因我们家吃饭的人口太多，当时大队书记以此为理由没让他继续上学（那个年代，你要读书，如没有大队书记同意，是不能上的），以致他一辈子留在了农村。三哥学习成绩还算好，一手毛笔字和钢笔字都不错，在恢复高考后，第一次没考上后就没有继续复读，他考虑家里太穷，想用最快的方式帮助家里，便选择了当兵，可五年后当他正准备提干时，1984年恰逢部队大裁军100万，就这样他又回到了农村，现已六十岁了。四哥，我记得最清楚，1984年暑假，他没参加高考，与我还有二姐我们三人在棉花田里拔草、打药水，中午时分，他一同学来到田里向他借书。"你现在借书干什么去？"四哥问。"哦，你不知道啊，明天早上8点戴市区（现为戴家场镇）招考聘用干部。"他同学回答道。于是第二天早上四哥便匆匆忙忙地去报名参加了那场考试。一个月后，依然是我们在田里干活，闲聊时，我们正在说，"唉，四哥，你参加了考试，还花了几元钱报名费，怎么钱就像丢在水里了，没任何消息呢？"

忽然远处传来一个声音，在喊四哥的名字，原来是观阵乡办事处（现已撤了这个行政区域）通信员来找他。"区公所通知你明天去报到，你被录取了。”那个通讯员说完便骑着自行车走了，（要知道那个年代有辆自行车骑是很牛、很让人羡慕的一件事，至少我是一个追随者）当时我们一家人高兴得不知怎么形容，就这样我们终于有了一位吃国家饭吃商品粮的人。我就是在这样一个大家庭，在这样一个风雨坎坷的年轮里，慢慢地磨砺，慢慢地逆行成长。

那个年代，我们家有九口人，属于大家庭，正因如此，吃穿日常费用就很大，就特别贫穷落后，加上我们都相当老实厚道，所以经常受村里人欺负。20 世纪 80 年代，农村实行包产到户，田地分到个人，此后农民开始富有些了，至少有饱肚的粮食，但我们家人口多，要上缴国家的粮食自然也不少，当时包产到户分田是人均 1.5 亩，我们家一共分到了 13.5 亩地（四哥当时还不是吃国家粮），每亩地每年要上缴合同款为 340 元，那时每斤粮食大概 0.86 元，包产到户后，大家干农活的积极性就提高了，大家都想有个好收成，填饱肚子。每到农耕农忙时，就会涉及农田放水抢水之事，一些条件好的家庭，农作物受到天气灾害影响时，他们都有能力及时解决，而我们就不一样了，只能盼着老天爷风调雨顺，否则农田收成便减少，收成少了，我们家就要节衣缩食，日子过得紧巴巴的。

“老五，你回来了，姆妈（母亲）和二姐今天为秧田放水，别人来抢水，争吵中二姐被人打了。”周末我放学回家，二哥见着我就匆忙地说，这样的事我已听了不止一次了，在我记忆中，我们家经常被人欺负，而最后却总是不了了之。可能听多了之后，人的怒气就到了一个临界点，我一下子气不打一处来，觉得这次不能再忍了，不能总是受人欺凌而最后草草了事。“是谁啊？”我问。“是东头的杨老大……”没等二哥说完，我拔腿便向那家跑去，我得还以颜色，让村里人都知道我们家不是那么好欺负的。那天，我也不知哪来的勇气和胆量，硬是找他算了笔账。杨老大比我大十岁左右，又比我个子高，但总之那天我的气势镇住了他，解了下气，结果那天以后，我落下了个“五土匪”的名声，也正因如此，我们家类似这样被欺负的事，往后少了很多。后来，我和我哥姐说人不能无原则宽容，别人不但不会感激你，反而会觉得你软弱可欺，变本加厉。不主动惹事，不代表我们就怕事。我们不惹事，但别人也不能无理由欺负我们。对于老实人而言，底线就犹如一把标尺放在那里一动不动，我的家人就是我的底线，欺负他们我是不会答应的。

时间从不会因任何苦难和幸福而停止，我渐渐地长大成人。1986 年夏，我步入高中求学。踏进校园那一刻，我意气风发，踌躇满志，似乎眼前的校牌不是中学而是大学，并以为全世界已在自己脚下，没有什么是我未来做不到的事。我发誓一定要好好读书，考上大学，改变自己的命运，改变我们家的未来。

在班上，我应算是最老实、最穷酸的一个，也是最爱学习的一个，经常下晚自习后，仍躲在被子里背书。即便我被评为学习积极分子，同学们一般也不愿与我交朋友，因为我无论怎样开夜车努力学习，可成绩就是提不高，一直处于中游偏下。当时也不知是否我的学习方法有问题，从高中开始，我很喜欢抄笔记，老师讲的重点或一些难解的范例，在背课文地理历史时，喜欢记些顺口溜等。

记得当时英语老师教我们背单词时，如丈夫“husband”，就叫“瞎子板凳”；地理老师教我们记中国地名时，就记“两湖两广两河山”，即“湖北、湖南、广东、广西、河南、河北、山东、山西”，教我们记世界国家名称时，就记“印度不打稀泥巴”，即“印度、不丹、希腊、尼泊尔及巴基斯坦”。正因如此，我就花很多课外时间，对这些进行整理、分类，尤其是历史和语文知识方面，且贴些简报，记些名人名言，往往一年下来，我会做几个手抄本。总认为这些在考试时，我能取其精华以节省复习时间。在我的记忆中，我们那个年代的学生，摘抄整理手抄本已流行普及了，一般人手有一本。

从我出生开始，我的物质生活就一直很匮乏，所以在学校就略显寒碜，衣服鞋子基本上至高二都还是我哥留下来的，且衣裤和鞋子上都带着补丁，每天到食堂只买饭基本不买菜（实在没钱），打了饭后都是端着洋瓷饭碗到寝室去吃酱菜（酱萝卜、酱洋姜、酱刀豆等），整个高中我就靠着酱菜过下来了。就连着酱菜和饭票，有时也要每周到大姐家里去拿。

每当我想起那些酱菜，总是口水直流，恨不得马上再可以吃到，只可惜时过境迁，往昔岁月似水东流一去不复返。我曾经要求我姐姐和嫂子，希望他们在农村再制作一些这样的酱菜，但因食材包括水和阳光都非往昔的味道。一个时代的发展，在收益大大增长的同时，也有其被破坏的一面。

1988 年暑假，眼看就要高三了，但家里一再强调没钱交学费，我不想放弃读书，怎么办呢，还是得靠自己。四处打听后，我决定到曹市镇天景村（即以前的蔬菜大队）砖瓦厂拉土砖坯挣学费，想着一个暑假四十天下来，拉上 1500 车左右，每车七分钱，学费也就够多了。日本教育界有句名言："除了阳光和空气是大自然的赐予，其他一切都要通过劳动获得。"

这个炎热的夏季，砖厂因为烧窑比其他地方还要燥热几分，我每天打着赤膊，穿着短裤，光着赤脚，在 40 度高温下拖着装满砖坯的板车奔跑着，也不管脚踩到地上会不会被烫伤，也不知模糊眼睛的是汗还是泪，只知拉快点，多拉几车多挣点钱，根本不知疲倦。且越跑越快，因越快就越有风扑面而来，让你倍感凉爽和兴奋。尤其是当想起老舍笔下的骆驼祥子时，我觉得我还是非常非常幸运和幸福的，因为我现生长在和平发展的新社会，我眼前卖的苦力挣的是自己的未来，而祥子当时成长于军阀混战的旧时代，他所受的苦，仅仅是为了维持生计。

一天傍晚天快黑时，我还想多拉几车，于是很迅速地将我的板车靠近制砖机，希望发货员能先帮我上砖。"你超我队，为什么你跑到我前面去了？""没有啊，我是正常排队"，还没等我解释完，在我后头一点赶到的拉车男子猛一掌向我击来，来不及防备我便摔倒在地。我气得浑身筋都爆起来了，立马站起，朝他的胳膊猛挥一拳，我用尽了全身的力气，感觉那一拳很重很重（拉砖车的身子，且年轻浑身都是劲，虽然个子矮了点），他应声倒地。我正幸灾乐祸时，身后只听一声近乎咆哮的怒吼"你打我弟弟啊"，刚一转身还没见其人（真是应验了一句，不见其人先闻其声之说法），我左眼角被重重地击了一拳，当时只觉天旋地转、眼冒金花，我下意识地捂住痛处，发现左眼角流血了（至今左眼角还留下了一细条伤痛的回忆）。

可是即使这样我也没疯狂伤心，就这样倔强地忍着。当时年轻气盛，一来为着多赚钱，二来也是自己骨子里不服输的性子。

苦，可以折磨人，更可以锻炼人。学会吃苦，你才不会在困难和逆境面前乱了阵脚，无助哀叹。学会吃苦，才能让你在奋斗的路上多一分坚忍，多一些从容。那一晚，我没出工，躺床上也不觉得疼痛，只是太累了，没有时间和精力去抱怨生活，如果真苦，哪有时间喊累；只有承受得还不够多时，你才有时间抱怨。而躺在木板床上的我想的是明天要去早一点，不碰着今天打架的兄弟俩，每次拉车的时候跑得再快点，让他们赶不上我，便可以多拉几车。想着想着很快便酣然入睡，虽然睡的是用砖头木板支撑起来的一个床铺，床上用稻草替代棉絮垫着，可睡得很香、很踏实、睡得梦涎直流。现在想想，这种沉睡的舒服感觉，从此再没有了。

高三寒假游览宜昌葛洲坝

“几度风雨，几度春秋，历尽苦难痴心不改，少年壮志不言愁”，早晨六点刘欢那高亢激昂的歌声将我从睡梦中唤醒，我翻身起床，站到门外，原来是隔壁车间主任的单卡录音机在放歌。这首歌当时深深地震撼了我，正值青春韶华，我的雄心壮志在哪？我怎能这样蹉跎自己？我应还要做更多的事，做更大的事，才可改变自己，出人头地。只有自己才是自己的主宰，没有翻不过的高山，没有走不出的沙漠，更没有超脱不了的自我。路要靠自己走才能越走越宽，我还年轻，“我要扼住命运的咽喉，绝不让命运使我屈服”，我要用笑脸来面对生活的苦难，用百倍的努力来应付命运给我的暴击。不经历风雨，怎能见彩虹？

那个暑假经过近四十天的高温工作，我总计拉了 1300 车土砖坯，领了 91 元工钱。记得去交高三学费时，我站在校门口暗自发誓，不久的将来，我一定会有所成就地回来看你的。2016 年暑假，经过近半年的筹划，由我出资发起，我们 86 届高中班长及另一同学牵头，成功而顺利地将原班上 48 位同学及老师召集到一起，前往原中学原班级（幸好以前的黑板还在），举行了一次非常有意义的三十周年同学聚会。这次相聚，让大家感受特别深刻和怀念。会中大家各抒己怀，各吐心声，无论是事业还是家庭，不管是成功还是失败，也不知是喜悦还是泪水，都一吐为快，我们在这里似乎找到了所有应该有或不该有的可倾诉的港湾，可发泄的时光，犹如小孩般找到父母诉说哭泣……

相聚总是那么的短暂，梦想却又总是不能与岁月同步，遥想年少轻狂，意气风发，而如今虽各自事业家庭小有成就，但无情的岁月夺去了我们人生更为可贵更值得留恋的青春年华。“还记得吗？我们毕业晚会唱的一首歌《昨夜星辰》。”正当大家讨论快进入尾声时，班长忽然大声问道。“昨夜的星辰已坠落，消失在遥远的银河，想记起偏又已忘记，那份爱换来的是寂寞……”一首《昨夜星辰》让我们遗忘了过去的伤痕和艰辛，同时又带给了我们未来的激情，点燃了青春的火花，让我们不惧风雨坎坷，继续前行。

弹指一挥三十载，
青涩时光不重来。
今聚母校话沧桑，
峥嵘岁月塑人才。

知识改变命运，但前提是要有经济作支撑。

"小唐，一号罐又漏气了，肯定又是螺丝没拧紧造成的，赶紧重新去拧紧。"车间班长边说边收拾下班，我带着沉重而疲惫不堪的身躯，拉着煤车折回车间。这是1990年的夏天，为了挣更多一点的钱，我开始在洪湖市化肥厂煤球车间当煤灰工，即将烧锅炉废弃的煤灰拉出车间，一天工作4小时，一月可挣145元，这个工资对当时整个洪湖打工的人来说，是很高的了。当然此工作也是最辛苦的，无论春夏秋冬，你都需要在40度左右的高温下作业，下班后，浑身上下除了煤灰还是煤灰，整个人成一煤球了，哪还算是一个正常之人？

一个月后，我申请上两班倒，这样一个月可挣上300元左右。煤球车间主任调侃我说："小唐，别人上一班都觉得吃不消，你上两班这么累和辛苦，为了什么？你不会是为了找女朋友吧？”我哭笑不得，望了他一眼，没说什么，其实有谁不想呢？但我总是怀疑，怎会有女孩喜欢我，怎会有人多看上我一眼呢，俗话说得好“自己的鞋子，自己知道紧在哪里”，当时的我就是一个一穷二白卖苦力的男人。尽管涉世未深，但从泥巴地里摸爬滚打出来的我还是有自知之明的，那个年代，我哪敢有非分之想，真的不是不想，而是贫穷限制了我本该有的想象。

我每天都在琢磨有什么办法可再多挣点钱，等有钱了，就知道自己该做什么了。化肥厂拉煤灰及在这上班的正式工（即为城市户口之铁饭碗的国有职工），因每天车间很脏，所以下班后都要去工厂澡堂洗澡，尤其是冬天，一些外厂的人也都买澡票（记得是一角五分钱一张澡票），来此洗个热水澡，当时我就想，为什么不在这个县城开一间洗澡堂呢？这一定有市场，肯定能赚钱，于是我每天一下班就去思考这件事情，包括场地消费人群、计划布置多少间澡堂、每天预计可接待多少人，结果精打细算后，无论怎样也需要投资好几千元，对于当时的我来讲，肯定是天文数字。因为那个年代，只要你是万元户，全国都有名的，所以只好思之长叹，再等机会去发展自己。

城里年轻人一到晚上，就邀三朋四友去看电影，或找女朋友约会，我看在眼里，心里是羡慕的，但我知道如果我拿着赚到的钱去玩乐，那可能以后一辈子都要在车间里拉煤了。当时正在看《钢铁是怎样炼成的》，里面有句话深深地打动了我：人生最宝贵的是生命，生命属于人只有一次。一个人的生命应当这样度过：当他回忆往事的时候，他不致因虚度年华而悔恨，也不致因碌碌无为而羞愧；在临死的时候，他能够说：“我的整个生命和全部精力，都已献给世界上最壮丽的事业——为人类的解放而斗争。”那时的我看着车间里的老人因为煤灰不停地咳嗽就想着我的人生不应该是这样的，我不要在老去的时候因为年少的懒散而后悔，不要庸俗地过完这一生，不要永远被人看轻，我要努力改变，一步步地来，这种吃煤灰的日子是暂时的，谁年少时不曾有梦，有梦就要去追，我当时的梦就是我以后要走出我们村、我们县，我要让我的家人过上好日子！

我每天就这样只知上班，下班便回家。为了省钱，只有装书呆子。其间，我看过很多名家的书，如莫言 1985 年发表的中篇小说《透明的红萝卜》、1986 年发表的中篇小说《红高粱》等；不过，我最喜欢看的还是路遥的小说《平凡的世界》，其在 1991 年获得茅盾文学奖。这部作品被改编为电影后，我反复细品了几遍。这部作品通过劳动与爱情、挫折与追求、痛苦与欢乐、日常生活与巨大社会冲突等复杂的矛盾纠葛，刻画出了 20 世纪 70 年代中期至 80 年代中期社会各个阶层众多普通人的形象，展示了普通人在当时所走过的艰难曲折的道路。也许正因为读懂了《平凡的世界》，我认为自己注定会有个不平凡的人生。正如书中主人翁田福军引用屈原之言所说："亦余心之所善兮，虽九死其犹未悔。""再冷的地方，也有暖和的东西"。至今我仍认这个死理，其也将伴随我一生。

至于晚餐，便是吃清炒茄子。茄子是我们楼下门卫大爷地里的。有天下晚班后，我又去老大爷地里摘茄子。老大爷说："小唐，你怎么这么喜欢吃茄子？"我笑着说："大爷，是啊，我真的很喜欢吃。"其实我是为了省钱，不得已而为之。老大爷人非常好，只笑笑，没说什么。那个夏天，他菜园里的茄子几乎让我吃光。自那时起，我真正地爱上了青椒丝炒茄子，直到现在，几乎每周都吃这碗菜，真的挺好吃的。

有时晚上无聊，便到长江边一个水泥厂去做零工。有一次，我在水泥厂抬了三个晚上的预制板（那时盖楼房二层或三层的，一般是铺水泥预制板往上盖，而这预制板一般是由人抬上去），结账时算了十七元钱，说第二天发工钱，可痛苦的是，第二天等我去要工钱时，说钱已全部结清给工头了，而此时工头拿着我还有其他工人的血汗钱消失得无影无踪，这个惨痛教训，至今记忆犹新。后来我开了公司，制定公司章程的时候，我就对我的员工承诺，大家打工赚钱都是为了更好的生活，公司不会拖欠、克扣员工一分钱的工资。

经历过的事情，不管好坏对你都是有用的，回头再看，当时觉得那时候条件很苦，可谁知道今后会不会更苦，当时家庭条件优越的一些同学比我们好过，以后碰到生活中的坎儿我能挺得过去，他们就不一定能挺过去了。正因为这些经历造就了今天的我，成为我人生独一无二的财富。生活不能等待别人来安排，要自己去争取与奋斗，不论结果是喜是悲，但可以慰藉的是，你不枉来到这人世间走一遭。知足常乐，无悔于自己一生即是安好。

第三章 立志出乡关，打工奔西追潮

"这里是吉祥鸟点歌台——有位女孩想为她的男朋友点首歌，祝他南下打工一切顺利！"如今改革开放后，南下打工大军如潮涌般纷纷南下……"1991年6月的一个中午，我刚端上饭碗，电台的声音如强大磁场似的吸住了我。

打工？南方？改革开放？外面的世界如此精彩，年轻人都不甘寂寞，为什么我还要在这做梦？我的前途在哪？出路在何方？明白了，我终于找到了自己的人生方向，我的志向理想、我的青春梦我的未来，也在南方在广东，在改革开放的前沿阵地——特区、深圳。

当天下午我便辞工了，没有半点犹豫，也不

要征求任何人意见（一没女朋友，无牵无挂；二是家里人随我去哪，不会关注我）。第二天，我便结算了工钱（二百多元），随即简单地收拾了下行李，怀揣二百多元钱，提着一个小布包（那时还颇有书生气，包里装的全是书，路上没事时借之充所谓的精神粮食），~~就这样~~一路搭汽车（株洲至岳阳），扒火车（岳阳至广州），饿也要熬，屈辱也要熬（有时没钱时），就这样经过二个半天一个晚上，流浪到了广州。

1991年6月4日中午，广州流花车站广场，太阳炙烤着大地，柏油路已被太阳晒得软软的，踩在上面似乎要掉鞋。我迈着疲惫的步子出了站口，站在那里四处张望，傻子似的，不知要前往何方，因我

第三章　立志出乡关　打工辛酸泪

有人说，成功起源于强烈的企盼，孕育于痛苦的挣扎，是寻找自我，最终超越自我的一种结果。可我要说，人要想成功，就必须够务实、够坚持、够执着，同时也必须要拥有一颗善良而感恩的心，并让自己永远保持着一种斗志高昂激情四射的白炽状态。

生活中很多人缺乏抱负，安于现状，在遇到挫折时，因没有正确的人生态度，所以很大程度上影响了其目标的实现。如拥有一颗奔腾的上进心，反复自我激励，那境遇会柳暗花明。

美国有一名篮球运动员，高中时身高还不到 1.8 米。在当时，没有 1.8 米想进校队打篮球是不太可能的。教练问他："你凭什么加入校队？"他说："凭我想成为世界上第一个'篮球飞人'！"教练听了大笑，心里想："这家伙是不是疯了，就凭他不到 1.8 米的身高，还想成为'篮球飞人'！"教练一开始没有答应，后来被他的执着所打动，勉强让他加入做替补，给队员们捡球递水！没想到这个小伙子在强烈的上进心驱动下，刻苦训练，身高突长到 1.98 米，成长为校队主力，并在 1984 年的 NBA 选秀大会中于第三顺位被公牛队选中，最终带领公牛队完成两次三连冠，被人称为 NBA 历史第一人。

这个人就是"篮球飞人"迈克尔 · 乔丹。

每个人都有雄心壮志，都渴望成功，渴望站在山之巅。"一个不想当将军的士兵，绝对不是一个好的士兵"。因此，要创造财富、获得成功，就必须激活自己的上进心。

马云在一次演讲中说："大海不缺一滴水，森林不缺一棵树，单位不缺一个人！但是你的家族：缺少一个扬眉吐气的人！缺少一个让家人过上好日子的人！缺少一个为了梦想而努力持续奋斗的人！"我想，我也许就是他口中的这个人吧。

“这里是吉祥鸟点歌台，有位女孩想为男朋友点首歌，祝他南下打工一切顺利！如今时值中国的改革开放，全国各地的百万打工大军如潮水般纷纷奔涌南方，他们带着梦带着各种期盼，不顾一切地背井离乡飞奔而去，在这里我要将《我的未来不是梦》送给刚才点歌的女孩的男朋友，以及所有为梦而奔向南方的英雄。”1991 年 6 月初的一个中午，我刚端上饭碗，湖北电台里一个温柔又近乎震撼的声音如强大的磁场似的吸住了我，心中顿起波澜。

打工？南方？改革开放？外面的世界如此精彩，年轻人都不甘寂寞，为什么我还在这做小工？我的前途在哪？出路在何方？明白了，我终于找到了自己的人生方向，我的志向、我的青春梦、我的未来，也应在南方、在广东，在改革开放的前沿阵地——东莞、深圳。

不行，我也得去南方，也要去打拼闯天下，既然唯一心中的一丝暗恋，眼下连一点机会都没有了，我还在此牵挂什么？在此游荡幻想什么呢？要想改变一切不可能的事，只能让自己尽快强大起来，让自己有所作为，人不能抱着梦而仅存幻想，要行动要立即行动，彻底忘掉眼前的虚幻，踏踏实实地去搏一份理想的前程。现在回忆此事，如果当时不是此电台之信息激发，我还真不知我目前是什么样，其实究竟那电台点歌的女孩是否就是我梦中的那位，至今我也不清楚，反正她最终归宿不是我，哈哈哈。

当时改革开放的浪潮才席卷开来，在洪湖这个相对比较封闭的小地方，离开故乡到广东打工在当时还是一件比较稀罕的事情，也是值得人羡慕的事情。离乡背井去一个全然陌生的地方，在当时并不被大多数人接受。但是人生的轨迹有时候就决定于一次次的机缘，电台里的“南方”“打工”

深深地吸引了我，我的人生开始驶向不同的方向，或许生命中总会有那么一些时候，于冥冥之中就决定了，或者是改变了我们的人生轨迹。

当天下午我便辞工了，没有半点犹豫，也不需要征求任何人的意见，一我没女朋友，无牵无挂；二是家里人随我去哪，不太关注我。第二天，我便结算了工钱（因为我是临时工，所以只要不想做了，马上可结算工钱），简单地收拾了下行李，怀揣结算的二百多元钱，提着一个小布袋（那时还很书生气，袋子里装的全是书，喜欢没事时啃啃这些所谓的精神食粮），一路挤汽车（洪湖至岳阳）扒火车（岳阳至广州），就这样经过两个半天一个晚上，我流浪到了广州。

“东西南北中，发财到广东。”这是当时广东颇为流传的一句话。

1991 年 6 月 4 日中午，广州流花车站广场，太阳炙烤着大地，柏油路已被高温烤得软软的，踩在上面似海绵般。我迎着正午的烈日，站在出站口四处张望，傻乎乎的不知要前往何方，茫然无去处。因我来时纯属一时冲动，带着激动高昂的心情，怀着南方到处都有成功机遇的斗志，雄心勃勃地第一次离开家乡，来到这个人生地不熟，没有任何亲人朋友的陌生世界。

“拱北，拱北”（粤语），忽然广播里传来阵阵催促上车的声音，只见成堆的青年男女拖着老少，一窝蜂地朝着标有“广州至拱北”的汽车奔去，他们一个个背着破旧的被子，手提红、黄、蓝、绿色的胶桶和衣架，拼命往车上挤，“管它呢，跟着感觉走吧，管它终点是地狱还是天堂。”我这时如同被操控的机器，没有大脑、没有思维，只知道随人流往车上挤，抱着和他们一样的心态，我要打工挣钱，我要有所作为，我要改变现状。

“请大家出示身份证和边防证。”在车上睡得迷迷糊糊的我睁眼一看，只见两个武警战士正在车上检查证件。“这到哪了，怎么回事？”我轻身问坐在我边上的老乡。“这你都不知道？到珠海拱北口岸了，需要查验身份证和边防证，否则你是进不了珠海的，珠海是特区。”我一脸懵逼，心想这下糟了，怎么办呢？我根本就不知道来珠海还要办什么边防证，也从没见过它长什么样。“你好，请出示你的证件。”我强迫自己镇定下来，“好的，请等下。”我假装将包里的几本书拿出来翻找，且故意将华中师范大学的学生证（那时我在老家打工期间，报考了这个学校的成人大专函数班荆州函数点）拿出来给武警战士看。“不是这个，是边防证。”“哦，有的，我再找找。”时间在我脑子里滴答滴答地以秒计算，我心脏快蹦跶出来了，但又似乎经历过了漫长的时光，我始终不敢抬头，手机械似的不停地翻动着那几本书，装作寻找的样子，默念着时间快点跑……

车子终于开动了，原来武警战士见我始终在翻找，就去查后面的乘客去了，等到查完后面的乘客，却忘了还有我这中间的没有查。我轻松起来，但还是隐隐有点担心，怕他们想起后再追上来，于是一路上我还不停地将头伸出窗外观看，直到下车，心里一块石头才落地。

我们到达拱北正是晚上七点左右，大家争相下车，带着各自的行李物品，迫不及待地又奔向自己的归处，自己的流水生产线。我拎着唯一的袋子，漫无目的地行走在拱北的大街小巷。我去哪呢？睡哪呢（想省钱不可能去住旅店）？这样不知不觉地来到海边，此时已是十点多了。这是我第一次见到大海，它时而安静地躺在静谧的夜空，望着在岸边徘徊的我，又时而恶作剧般地翻滚起一层层汹涌的波涛朝我怒吼咆哮，海岸边五光十色的大楼里不知道在经历着怎样的喧嚣，而无人的海滩只有月亮和我作伴。在这个白天炎热难耐，晚上凉爽的地方（珠海属于亚热带海洋性气候），我想我只能暂时借宿于此了，“头枕着波涛，睡梦中露出甜美的微笑，海风你轻轻地吹，海浪你轻轻地摇”，此景此时正如同《军港之夜》里的歌词，它像催眠曲一样，让我不知不觉就睡着了。

“搵木搵工（即招不招工，粤语）”，带着几乎绝望而渴求的声音，我这样一家又一家地找寻着属于自己的归宿、自己的流水线。为了省钱，我连续几个晚上都睡在海边，白天出去找工作，饿了就买一元钱一斤的枯面条，到建筑工地找自来水，以此充饥解渴。然而，一晃四天过去了，工厂依然没有着落。当时改革开放，外资企业电子厂占大多数，都是手工劳动密集型工厂，所以一般只招打工妹，打工仔很难找到工作，哪怕是大学生招的也少。

拱北看样子不能久留了，治安联防队经常晚上巡逻抓三无人员（即无暂住证、无工作证、无边防证），如没有三证一律遣送回家。“哎，老乡，你们知道男工哪里好找工作吗？我在这四天了，实在找不到工作。”一天中午我在一个小店门口转悠，发现几个打工妹在那喝汽水（那时打工仔打工妹，为了省钱都是喝五毛钱一瓶的汽水或豆奶），便大胆地找她们聊起来。“建议你去东莞石龙镇，我们有好多老乡在那找到了工作，因那里港资、台资电子厂多，男仔要的多一些。”我一听，高兴得快要跳起来了，谢过她们之后，立即打听着坐车的方向，然后马不停蹄地向着东莞奔去……

经过反复磨嘴皮，终于在一个湖北老乡门卫（保安）的大力推荐下，两天后正身无分文时，顺利地进了东莞石龙明丰五金制品厂，在生产线做手表钢带的打针工作，即用一个小木槌将一个个小针钉进去，然后将一片片钢带穿起来，这样一条手表钢带就形成了。

我们班组共十四人，班长为一湖南小女孩，身材苗条，皮肤白净，眼睛大大圆圆的，挺漂亮的，人称“小辣椒”即很凶的那种。记得有一天中午，我没经她批准就去上洗手间，被她狠狠地训斥，并罚了我贰港币（在港资厂打工，出粮时一般发港币）。当时我们每天工作近十三小时，薪水才两百多港币（那时汇率 1 港币可兑 1.08 元人民币），一下子罚掉工资的十分之一，当时心疼得我恨不得臭骂她一顿，但好不容易才找到的工作，很怕失去，所以忍下来了。

流水线作业枯燥乏味，我总是不停地与这些针尖的小零件打交道。每天早上七点起床，八点上班，最痛苦的是一到中午十二点下班之时，总是临时通知直落（即不许休息，饭后直接上班），午饭需在生产线上各自的工位上吃，一人发一个塑料薄膜袋，内有米饭及零乱的少许下饭菜和一双木筷子。就这样连一个碗都不需要，胡乱填饱肚子，午餐即算完成了。即便这样，大家仍每天盼着直落，盼着吃这样的饭菜，因为免费可以省钱。接着再工作直到晚上加班至十一点左右落班（即下班），才拖着疲倦的身躯返回住处。

生活里再多的苦难，也终将会过去，要学会苦中作乐，不能颓废沮丧，更不能心急，只要坚持努力了，未来就是幸福、美好的。怀抱着美好的期望，即便是这样枯燥劳累的生活，每天我还是乐此不疲，吃着这种塑料袋装的午餐还觉得有滋有味，回味无穷，饱嗝不停。

我们的宿舍是铁皮房，八人一间，铁床上下铺，厕所也在里面，每个人的床铺上几乎都是一张凉席，一个枕头、一顶蚊帐，除此并无他物。广东的太阳一年四季都很毒，这样的铁皮房每天臭气冲天，是蚊子最好的温床，它们肆意地在房间里游荡，仿佛这是它们的乐园，而我们是“入侵者”，为了“报复”我们这些打工仔，每天赶工回到这“宿舍”的时候，被这些蚊子咬上一两口如同家常便饭。我们这些“入侵者”几乎一回来便倒头大睡，视眼前一切为不存在，这些嗡嗡声也成了最好的催眠曲（那种辛酸苦困的场景，令我永生难忘）。我们就是这样一群打工仔，就是这样一群为了挣钱，为了生存，为了让自己和家人过得更好一点，为了自己的理想而在此打拼、忘我工作的人。那时哪里知道何为岁月静好，何为风花雪月，何为人生享受，心里及眼前浮现的全是流水线及不停运转的机器，整天想的是每月出粮（即发薪水）时到手的有多少钱，这些钱自己花多少，给家里寄多少。

这里的工作每天三点一线，铁皮房—工厂—铁皮房，从没有任何娱乐，也不曾有人去理会这等幻想。唯一让大家值得期盼、开心的是家人、朋友的来信，这时大家内心是喜悦的，心里是暖暖的，根本就忘了自己的痛，自己辛劳的生活工作，因为只有这份寄托和依赖才足以让我们暂时能慰藉辛劳的内心。

我亦不例外，再苦再累每天工作之余就是盼望有家人来信，有女朋友美美的牵挂。因为那个年代，唯一的通信工具只有信件，有急事就是电报往来。那时的我算幸运，有女朋友每月暖暖的问候，字里行间，我们彼此倾诉，相互勉励，共同憧憬着美好的未来。那时的我们真单纯，人们都相当单纯无杂念，尤其是各自亲笔的书信，见字如面，感受深刻，体会真情。每每收信写信，都是那种触及灵魂深处的真情，都是相互心灵火花的碰撞燃烧。哪像如今互联网信息时代，相互的问候倾诉，近乎无血无肉，根本谈不上人性之灵魂。写到此，我不禁潸然泪下，感慨万千。五十岁的人了，走着拼着，拼着走着，一路苦难跋涉，千山万水，纵有千万斗志，心里装着满满的善良和浓浓的豪迈激情，落到如今却是东西各奔，形同陌人。往事不堪回首，也不再去回望，再美好再甜蜜的爱情，再完美再幸福的婚姻，如一方不再满足，不能知足而常乐，最终肯定是人生悲剧，婚姻败笔。幸福的生活往往大同小异，悲催的人生往往各书千秋。

一个煤油炉，一包涪陵榨菜，几片白菜叶，一包枯面条（一元钱一斤），几滴油，一锅水，于是正月初一的大餐便形成了。1992 年春节工厂放假一周，为了省钱我根本没买火车票，且无法买到车票，工友们大多回家了，而我盘算着从东莞石龙镇坐汽车到广州需要五个小时左右，再从广州坐绿皮火车到武汉需要近十五个小时，然后从武汉坐长途汽车至家乡估计在四个半小时左右，既花钱又折腾人，加上老家也无人惦记我，春节对我来说形同虚设，也许只有我在自作多情而已，于是这年春节，我没有回家。春节一周，尽管广东的冬天暖洋洋的，到处洋溢着过节的热闹气氛，而形单影只的我每天几乎是用几片菜叶和几块枯面条凑合着过。这个春节就这样无声无息地度过了，仿佛这个世界的一切热闹都与我无关，人口普查似乎也没有我的记载。我根本就不存在，连空气都算不上，简直是欲哭无泪，天地无应。但当时我怎么就觉得无任何苦痛，因为眼前的一切不是永恒，只是我人生中的一瞬。我的理想和未来需要我脚量大地一步一步去慢慢实现，心急吃不了热豆腐，现在的我正积攒着经验，一笔一画地勾勒着我的梦想，找寻着我的出路。

没有人在乎你的落魄，没有人在乎你的低沉，更没有人在乎你的孤单，但每个人都会仰视你的辉煌。《桃花源记》言：“林尽水源，便得一山，山有小口，仿佛若有光，便舍船，从口入。初极狭，才通人，复行数十步，豁然开朗。”我们唯有向前，才会看到光，看到希望所在。

第四章 负重寻出路，十七岁到北京

当我离开了这里，根本无暇去梦想、描绘。

我记得这个既不安分但又不安分的打工仔，第一次辞职了。其实手上没有多少钱（记得只有二百多块钱），但义无反顾，不想太多，只知道我再不能再这样下去了，需要更换新的工作，需要寻找不同的岗位，寻找适合自己发展的方向。找工作的艰辛，只有自己才知道。

时间不停流逝，打工的人再也不能再去此窗。实在耗不过时间，耗不过没有工作的岁月。"去找，请想我第一次出门的情景，我背着一个已用旧的灰色行李袋，穿一件西服（黑色）装（记得这件西装还是1989年我在上海实习时，在外滩边别人给一千三百块钱买的，好像是二十几块钱），带着我的翻过来的北边，来到一个小店前。戴着一块机械手表（好像是我发工资后，十几块钱买的），好好作等等的准备。

10.14

看了好戏，我们从不坐车去邻家打工，也省了找过夜之地，白天就会溜之大吉。晚上起来再回村找水解渴，接着把脸洗又洗。

不住旅店，晚上睡觉有时在建筑工地的楼某个角落。冬天蚊子很多尤其夏天，但无论它们如何折腾，也得忍耐着熬；有时走门找到农村的田野中间，天空当被，大地当床，就这样我们可以舒适地躺下睡觉，根本不用担心被打劫或惧怕什么鬼影，因为只有这样才最安全，才不会被治安联防队人、收容人员抓住抓去。（那时三无人员即指无暂住证、身份证、务工证的外地人员）所以即使如此，白天还得偷偷摸摸。

第四章　负重寻出路　顿生创业念

一位美国作家曾说："当我们还是孩子的时候，我们曾以为，等我们长大，我们就会不再脆弱。然而长大就是一个接纳脆弱的过程。活着本身就是一种脆弱。"

当我看到这段话时，我想到了蛙泳冠军罗雪娟。她是浙江杭州人，出生于 1984 年 1 月 26 日，2000 年入选国家游泳队。2003 年在世锦赛上连夺三枚金牌。2004 年在雅典奥运会上夺得女子 100 米蛙泳冠军，当她的成绩出来时还没来得及换装，对着记者的镜头时已泪眼汪汪，激动地失声痛哭："真的太不容易了，我好辛苦，我非常感谢所有爱过我、帮助过我甚至恨我怨我的人，没有你们的鞭策、激励，就没有我今天的成就。"我当时在电视机旁，被她的言行深深地感动了，彻底征服了我的灵魂。直到现在，我仍把那一幕为我的人生哲学课，思想标杆。

同样类似的故事：2019 年，篮球明星林书豪在台湾举办分享会，现场挤满了想要一睹风采的粉丝。没想到刚为多伦多猛龙队夺下 NBA 冠军的他，谈到这几年在篮球场上闯荡的辛酸，一度情绪崩溃："人生真的很难，感觉 NBA 好像抛弃我了。"

可想而知，在这种媒体聚焦的公开场合暴露自己的脆弱，将会给他们带来什么样的影响，无论是罗雪娟还是林书豪，但他们并不后悔。谁没有脆弱的时候？勇敢地面对你的脆弱，才是坚强起来最好的方式。

正是这种真情流露，才能更好地激发自己推动自己，不断成长不断前行，勇攀高峰。正如奥斯卡最佳导演李安所说：“大家看我好像很风光，但其实一路走来充满很多挫折和失败，其实脆弱是我的本质，我只是很勇敢面对我的脆弱。”

春节一过我便辞工了，其实手上没有多少钱，记得只有三百多块钱，但辞工的决定义无反顾，来广东这般久，还只是在东莞石龙镇转圈，不紧不慢的时间，一天天流逝，夏天变成了冬天。没有太多顾虑，只知道我不能再这样下去了，需要更换新的工作，需要寻找不同的岗位、寻找适合自己发展的方向。我想看看外面的世界，就像风筝飞在辽阔的天空，看见世界的无边。

海伦·凯勒说："人生要是不大胆地冒险，便会一无所获。"大胆地去闯，毕竟生命在于折腾，不折腾怎么知道能不能成功呢？人生在世，要经得起折腾，毕竟人就是折腾着来到这个世界，又折腾着离开这个世界的！

时间不停地流逝，找工作的艰难，只有自己痛过才知道。为了省钱，我找工作从不坐车都是步行，口渴了，就找建筑工地自来水管喝上几口；晚上不住旅店，有时在建筑工地顶楼找个角落，凑合一晚，早上起来找工地水龙头洗把脸便又重新上路；有时专门找到农村的田野中间，天空为被，大地为床，就这样才可安心舒适地躺下入眠，根本不用担心被打劫或惧怕什么孤魂野鬼，因为只有这样才是最安全的。

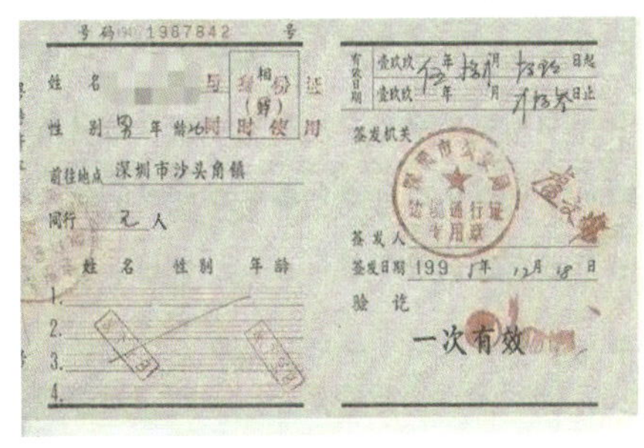

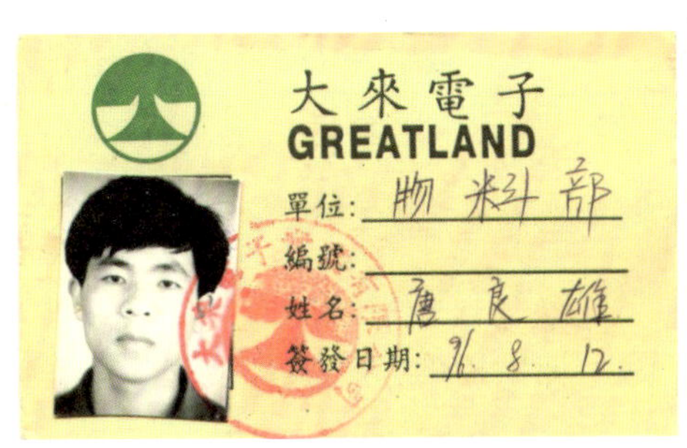

特区边防证及工作证

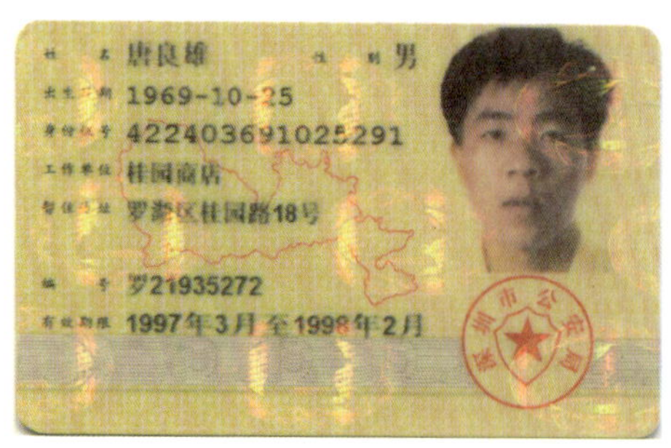

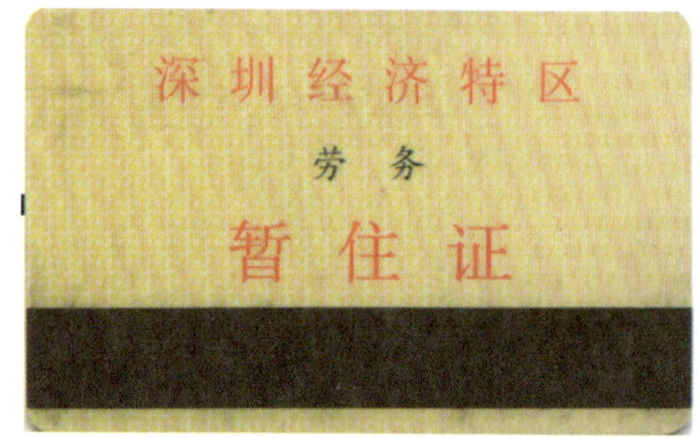

暂住证

广东的夜晚，你恨不能找一种神奇的喷雾把所有蚊子赶走，南方地区潮湿闷热的气候，为蚊子提供了五星级的生存环境，庄子在讨论宇宙各种自然现象运行大道理的《天运》中，提到痛苦的失眠经历：“蚊虻噆肤，则通昔不寐矣。”在石龙镇的宿舍，晚上还有蚊帐可遮挡一二，而在露天的野外因为炎热而大面积暴露的皮肤，正是蚊子取之不尽的狩猎美食，但无论它们如何撕咬，也得煎熬，只因实在付不起旅馆的房费。

有一天找工作，顺着老乡的指点，来到东莞道滘镇的一个电子工业区，从上午十点开始，见到工厂便去找保安打听，有没有招工需求的。当时几乎跑遍了那里的所有工厂，有做电线的，有做五金配件的，有做鼠标键盘的，有做电脑音箱、机箱的，还有制衣厂、鞋厂等，一般不是台资厂就是港资厂，结果毫无收获。几乎都只是招女工，男工除非你是专业技术工或熟练操作工，而我当然一个条件也不够。

下午五点半左右，我实在是精疲力竭，唇干肚叫地撑不下去了（因中午没吃饭，也没喝一口水），于是走到一个池塘边，买了 2 毛钱的橘子（好像当时是三个不大的橘子），坐在一棵很大很古老的榕树下面吃起来，即解渴又可暂缓饥饿。

“池塘边的榕树上，

知了在声声叫着夏天……

福利社里面什么都有，

就是口袋里没有半毛钱……

多少的日子里，总是一个人面对着天空发呆……

一天又一天，一年又一年……”

忽然罗大佑的一首《童年》飘于空中，沿着池塘和榕树绕进了我的思维，我发呆似的望着池塘那静静的水面，一缕红彤彤的夕阳照射于塘中榕树的倒影，这一瞬间的组合画卷，实在是太美了，我手捧最后一个橘子，伤心地流泪了。且越想自己现在的处境，越面对现实，越听这首《童年》的曲调就越伤心，以至我最后在那棵榕树底下面对池塘痛苦地嘶吼了几声，也不顾旁人会如何看如何想了。当时就只想这样发泄下，才觉得可以迈过眼前的坎，才能撑住眼前再战明天。

太阳很快落山了，晚上八点左右，我找到村子的一片荔枝林，本想在那里还蹭一晚，但最后还是又找到了一片稻田（因你睡在荔枝林，别人会怀疑偷他的荔枝）。刚一走进稻田就准备睡下，可四周看了一下，唯恐外人发现，于是再向无边的稻田中间走，感觉已是中间了，但仍不放心，又继续向它的最深处走，直到走到的地方放眼四周望不到边了，觉得非常安全，才和衣躺下。躺在一条水泥沟边上（东莞那时的农田，所有的引水渠全是水泥浇灌的，所以人睡在上面不会沾泥巴，还挺干净的）。就这样我头枕着自己的背包，月光老人为我站岗，浩瀚的星辰与我相伴，广袤的大地为我的床，空旷的天空为我的被，那晚的梦境似人间天堂，睡得很踏实很舒服。

我身上的人民币无论再怎么省，终究扛不过时间，扛不过没有工作的日子。饥饿感像慢慢拉开的弓弦，越拉越满。广东的肠粉、炒河粉、烧鹅赖粉等，尤其是看到麦当劳，闻到它的香，看到它的图片，就恨不得啃一口，想吃得流口水（我现在每月仍要吃它一次两次麦当劳或肯德基，否则总觉得生活中少了点什么），以至在头脑里爆炸、爆炸、爆炸……肠胃在痉挛，仿佛有无数利爪揪扯着我的五脏六腑，让我无力前行，背着一个灰色行李袋，拖着饿得翻江倒海的肚皮，来到一个小店前，我已身无分文。

“老板，请帮我来一碗煲仔饭。”

“好，你等着啊。”店老板应声回答。

不一会儿，一碗热气腾腾的煲仔饭送到我面前，当时，我只知道饿，只知道要吃，也知道根本没钱付，但饿意已战胜理智，实在没办法了，先吃了再说，三口两口一下子碗就见底了。也不知道哪里来的底气，放下碗筷我脸不红心不跳地对老板说：“老板，实在不好意思，我身上一分钱都没有，实在是太饿了，已两天没吃饭了，五元的饭钱，您看需要我做什么，我在你这打工，你说几天都行，抵掉饭钱就行。”说完后，我用近乎乞求的眼神注视着老板，希望他能可怜我，让我做工抵饭钱。

“有没有搞错，你这个衰仔，敢在我这吃霸王餐？”老板怒气冲冲地说道。

“实在不好意思，我想您这总是要洗碗工的吧，我帮您洗几天碗不要工资，您看如何？”正在我们二人纠结争吵中，这时有位在旁边吃饭的先生，五十岁左右，起身说道：“老板，算了，算了，这个小打工仔的五元钱我帮他付吧，哎，看他的确也不是想赖你账的人。”说着，他便拿出五元钱给了店老板。

我当时激动得快要给他下跪了：“谢谢老板，谢谢老板，要不我帮您做事吧，让我做什么都行，否则我怎么还您的钱呢？”

“不用了，不用了，你走吧，好好地再去找工作吧。”说着那人已离开了我的视线，这五元钱对他来说或许微不足道，但解了我的燃眉之急。

就这样我便又上路了，但不知下一站该是何方。

眼看天要黑了，去哪里呢？此时我在东莞大朗镇，已是一贫如洗，没有任何亲朋好友，四顾茫然，返回石龙镇似乎是唯一的选择了，好歹还有熟识的人。我想起在石龙打工时交往了一个还算不错的朋友，他好像是做建筑预算的，应该会愿意收留我吧。但怎么去他那呢？正在我一筹莫展的时候，一辆装运石灰的货车迎面开来，看方向是往石龙去的。由不得一丝犹豫，我将行李袋往车上一扔，加速抓住车的后挡板，翻身上了这辆石灰车，一屁股坐在石灰袋上，霎时石灰四溅，我立马闭上眼睛，不让石灰飞进眼睛里。扒车用了我九牛二虎之力，过了好一会儿才缓过来。虽然从头到脚一身石灰，一下子成了个白发老人，但顾不了那么多了，车在颠簸，人也不停地随之左摇右晃。虽高兴但不能得意忘形，必须目不转睛地盯着前方，如果一不小心驶向不同的方向那就真的哭天也无用了。说时迟那时快，眼看车要偏离我去的方向了，我将包往路边一甩，人也瞬间跳了下去，一个趔趄连滚带爬地站了起来，看着绝尘而去的货车，望着浑身上下的石灰，我开心地笑了。

时间定格在 1992 年 4 月傍晚 6 点，东莞附城方向的路上，我用力拍打着身上的石灰，背着简单的行李包，走在这条通往希望的路上，只有到东莞石龙，才能找到唯一可帮我的朋友。当时从附城到石龙，车程二个小时左右，怎么办呢？先往前走吧，边走边留意是否有客车驶来，不多一会儿，一辆中巴车晃晃悠悠地开过来，上面标注着东莞附城至石龙方向。于是，我又拿出在小餐馆吃煲仔饭时的勇气，招手上了这辆中巴车。

“海冰斗（粤语：去哪里）。”司机大声地问道。

“石龙镇。”我回答着，因车几乎是满载，时间分秒飞逝，车上叽叽喳喳吵闹个不停，我一步步往车中间的走道挪，希望车能开得快点，再快点，并祈祷售票员暂不收钱，暂不要我买票。车开得越慢我的心就跳得越快。天越来越黑了，时钟已指向晚上 9 点，车子开始驶入绕山公路（从附城到石龙，是绕山公路）。

“吾候一西（即不好意思），买哈票，C 慢（即 4 元钱）。”该来的总是逃不掉。

“小姐，不好意思啊，能不能给我一点钱，我实在是没钱了，先生、老板，麻烦你们行行好，行吗？”面对售票员，我只好在车内一个个乞求着，整个一活脱脱的乞丐再现，但无论怎样，无人搭理我，我甚至将我唯一值钱的西装和手表拿出来了，希望与他们交换一张车票。

西装是我 1989 年 7 月在上海买的，那时我由洪湖出口农具厂委派（这一年我在此打工）到上海外高桥星光工具厂学习模具工艺，学习期间有个周末，我去外滩转悠，碰上一货车司机，要我帮他卸一车钢筋，我正求之不得，因为我始终在寻找赚钱的机会，这一天中午我赚了二十几块钱，用其中十五元在地摊上买了件西装。机械手表是我发工资后花十几块钱买的。

“谁能给我 4 元钱帮我买车票，我用衣服和手表跟你们换。”我焦急地同周围的人说着，但没人对它们感兴趣，无人应答，车内瞬间从无比喧闹的氛围静到几乎可以听到一根针掉在地上的声音，我彻底崩溃了。

“吊你个老姆（粤语骂人），没钱你坐车。”

“老板，我一定会给你钱的，车一到石龙，我就找我朋友拿钱给你，”我抱着最后一点希望苦苦请求着。

“木哒（即不行），没钱可以，砍掉你一根手指头。”听到此言，我反而很淡定，再不哀求任何人了，此时我已是人如蝼蚁，命如草芥。听天由命吧，不就一根手指头吗？坐车给钱，天经地义，天要下雨，娘要嫁人，随便吧。就这样，车内又恢复正常的喧闹声了，似乎一切就这么过去了。

嘎吱一声，车在山路中间忽然停下。“落车（即下车），你给我落车。”车门哐一声开了，我就这样被扔在了漆黑的山路中间。

那时，我身上有一个打火机，有时在一些角落蹭夜用的火机。我点燃了火机，那微弱的光芒聊胜于无，然后迅速熄灭，一切又都归于寂静和黑暗。我再次点燃，一点微弱的光芒又迅速出现然后又迅速熄灭，这一点火焰只有光亮、没有温度，我感受不到它的温暖。我想起了“卖火柴的小女孩”，她也曾划燃火柴，但那样的光焰，并不能驱逐寒冷；我还想起了鲁滨逊，他的处境也不过如此吧。相比之下，他的境遇还比我好一些，海中还有鱼，树上还有果，而我除了换洗的衣服，什么都没有了。此时真是叫天天不应，呼地地不灵。在路边的石头上坐了一会儿，快到凌晨了，下玄月慢慢升起来了，天上依稀有几颗星星，已经能看见路了，我索性站起来硬着头皮赶路。凭着这点光，形单影只地向着石龙方向快步前行，走走停停，停停走走，盼着黎明出现。带着寒冷和饥饿，一步步以脚量步的方式终于走到了石龙镇，时间定格在凌晨 5 点，步行了大约 4 小时。凌晨 5 点的石龙镇虽仅有几盏路灯闪烁着，但显得是那么的凄凉和苍白，而我却找到了希望。

石龙镇的这位朋友，仅仅是我们打工几天认识的，经过交往感觉双方志同道合，还蛮谈得来，但没有更深的交情，所以，我觉得自己不能长久地待在他那里。一周后，我便提上简单得不能再简单的行李，去寻找我在东莞寮步的一个好兄弟。

“高盛，我在墙外，你快扔出来吧，饿死了。”我站在墙外喊道。“好的，好的，你接着啊。”墙内声音传出，随即一装有米饭小菜的塑料袋，从天空中划过一道线地落到了地上。我立即捡起拆开塑料袋，狼吞虎咽地吃了起来，在东莞寮步镇找工作的日子，因为没有钱了，只得找好朋友救助，虽然他也没钱（需等到出粮日才发工资），但却可以让我在最需要填肚子的时候支持下我。一般台资厂的管理模式都是高高的围墙将人圈住。我们这些打工仔打工妹成天工作，生活在内面，只是周末偶尔放半天假，可以让你出去逛街购物，所以我朋友高盛吃完饭后才可偷偷地在饭堂打个包扔出来，以解我暂时的温饱。高盛，襄阳人，是我 1991 年在东莞石龙打工初期相交最好的兄弟朋友，他总是在我找工作最困难的时候接济我、支持我，才让我有机会得以找到更好的工作。目前他在襄阳发展，身兼项目咨询策划师、创业导师以及襄阳长寿研究会常务副会长等职，为襄阳的经济发展和社会建设添砖加瓦。

在日常生活中，凡是帮助过你的人一定不要忘记，要懂得感恩；别人不帮你，是他的选择，不必怨恨，这本来就是一件芝麻大的事， 笑一笑就过去了，如果因此而气愤难平，觉得对方在故意刁难你，而导致心理严重失衡，对世界和别人充满仇恨，那你极可能以后会变得郁郁不得志，怨天尤人。怨天尤人只能证明自己的无能，《论语》说“不怨天，不尤人”，天空不会因为我的抱怨而放晴，生活不会因为我的抱怨而完美，困难不会因为我的抱怨而暂停。与其抱怨世态炎凉，倒不如把所有怨气运用到自己的斗志上，不去感伤自己的不幸，行动远比感伤重要得多，行动过后，终会柳暗花明。

一个月后，我如愿地面试进了东莞寮步广德发泡胶厂，这是一家台资厂，老板洪先生是台湾新竹人，那时四十来岁，这家厂主要生产渔具用品。我的职务是人事总管，主管工厂人事后勤安全环境等。在这里我事无巨细，勤勤恳恳地工作，尤其是对食堂的环境卫生，员工的伙食卫生安全，我是丝毫不敢松懈的。“民以食为天，食以安为先”，建设让员工满意的放心食堂，撑起员工饮食“保护伞”是我义不容辞的责任。哪怕是工厂的每一个厕所，我都让保洁人员每天打扫得干干净净的，入厕无味，因为前一家公司恶劣的员工生活环境，让我认识到保证每个人放心吃住是多么的重要，有了好的环境，大家工作起来也更有动力。正因如此，我个人从此也开始有那么一点点洁癖了，至今仍有点洁癖（哈哈哈）。

三月下旬的一天，因工人反映饭堂最近很不卫生，于是我观察了几天，发现饭堂一年轻师傅，记得他是四川达县人，长得白白净净，他在工作时的确不注意卫生，且说他两次仍置之不理，我行我素。屡教不改之后，第三天一纸公告，我罚了他三十元钱。没过几天，他找到我说：“唐先生，我母亲病了，我需要马上辞工回家。”我听后很难过，马上就同意了，一般员工辞职需要一月后才能领到薪水，作为人事主管我破例要求财务人员当天就给他结算薪水，随后握手告别，一切发生得很自然、很和谐。

“唐先生，刚才保安来电话说门外有老乡找你。”一天晚上 10 点左右，人事文员对我说。她是个矮矮胖胖的小女孩，四川人，我进这个厂应聘此职位是她收了我的简历，所以相对而言我对她既感激也算信任，说完她就收拾办公室，准备下班了。

“好的，谢谢你。”我正在写工作总结，因老板洪先生明天回来，当时我想我好像没有老乡在这边呀。不要说在寮步镇，即便是在整个广东沿海，我几乎没有任何亲人朋友和老乡，但此念头只是一闪而过，因渴望有老乡能找到我，能多一份乡情多一个朋友，在异乡相互温暖，相互支持，于是我放下手中的工作来到门卫室。

“中平，谁找啊？”“在马路对面。”当班保安张中平回答道。

当时工厂门口正在修路，坑坑洼洼的，我带着好奇又雀跃的心走出厂门。刚到马路中间，咔嚓一声，像是刀切刚熟透的西瓜一样的很清脆的声音从我的后脑勺传来，随即一辆摩托车从我身边轰鸣而过，摩托车后座坐着一个人。就在那一瞬间，我认出了他，那个说母亲病重辞工回乡的年轻伙夫。我明白了，可后脑勺已湿润了。

“保安快来，我被人用刀砍了！”前后不到十秒钟，我便昏倒在地。

当我醒来时，工友告诉我，我的后脑缝了17针（至今我后脑勺还留着一条长长的刀疤）大出血，需要安静休养。改革开放初期，珠三角一带治安不太好，像我这种类似情况，几乎无人问津。作为百万打工仔之一，我举目无亲，一个人躺在医院的病床上的日子实在难熬。

一周之后，我头上的绷带还没拆，稍微不注意还会有血溢出，工厂老板却将我辞退了。理论上讲，我受伤被人砍是因管理工厂所致，我有今天是因我工作太过认真，对工作要求太过完美所致，是因为对老板忠心耿耿所致。老板的良心又何在呢？可是即便你有一万个正确的理由，也阻碍不了现实的残酷，就这样，我带着身伤心伤，无奈地离开了这家台资厂。

这件事给我带来的伤痛永生难忘。2013年6月时隔20年，我游走台湾，去参观台湾新竹电子工业园的一家芯片厂，曾一度想去探访当年东莞寮步工厂的老板洪先生，他是新竹人，因具体地址不详而未能如愿。

可能会有人好奇为什么我会去找一个无良知的老板？我找他不是为了在他面前显示什么，不是为了报他当年的狠心之仇，只是为了感恩他，感谢他激起了我改变现状的决心，我要成功不是为了报复，而是为了证明我成为老板后，不是为了欺压员工，而是让他们活得更好。

头缠绷带，身体虚弱，面黄肌瘦，那时瘦到只有92斤（现在已破120斤了），工作是找不成了，天广地阔，问乾坤何处容我？唯有故乡，只有老家年迈的老母亲可以容我。1993年4月初的一个清晨，经过长途奔波，转汽车，坐火车，拖着疲惫不堪的身躯由东莞出发经广州，终于到了岳阳火车站。到达岳阳火车站时已是凌晨4点，而从岳阳回老家还得再转两次长途汽车，且长途班车发车时间是早上 7 点。饥寒交迫，凌晨的岳阳很冷，浑身软绵无力的我，脸上苍白得没有一丝血色，像被放到了冰窖里，从头凉到脚，我只想睡觉，脚根本不听使唤，慢慢地总算挪到了一个墙角。我把随身的行李包当枕头，也不管地上有什么，就这样躺下睡着了。

忽然一阵凉风袭来，将我惊醒。“我的包呢？”我坐起来自言自语道。真是屋漏偏逢连夜雨，唯一的几件换洗衣服和几百元钱就这样不翼而飞了。怎么办？我连生气懊恼的力气都没了，只能默默承受着命运给我的考验。回家的路总是心酸坎坷，可就算是爬我也得爬回去啊。这样身无分文，从岳阳去洪湖的客车上，我又是一路乞讨，好在毕竟是回到家乡，家乡人还是肯施舍我的，让我顺利地回到了老家。

回到老家，母亲看到我的惨样，什么也没说，当天默默杀了一只鸡，给我熬了一锅汤，为我补身体。时间可以愈合一颗破碎的心，母亲默默地关心慰藉着有太多不如意的我。家乡对我来说总是既亲切温暖又陌生悲伤，因为它不是我的归宿，不是我最终的港湾（因为那时母亲和我四哥一家人住在一起），我的机遇、我的梦想在远方。没有人能够一辈子交好运，也没有人会一辈子走坏运，每个人都不可能随随便就收获成功。失败、打击、痛苦都是成功前必须要经历和承受的，处于黑暗中的时候，只有沉住气，才能等到日出。不到一个月，现代版的打不死的程咬金的我又来到了珠江三角洲，又开始找寻属于自己的安身之所和梦想之岸。

1993 年 5 月，我受聘于东莞石龙（香港）富诚华富首饰制品厂（我们一般称其为富诚公司）。这个工厂有一栋七层高的大楼，员工共计 1200 人左右，生产车间六个。我任职第六车间主任，工厂主要生产装金银珠宝的盒子，市场相当火爆，几乎每两天要出一个四十尺的货柜。与我同时应聘进来的还有 6 人，一人为生管课长（即管理全厂生产人员调度及产品进出货），另 5 人分别为一车间、二车间、三车间、四车间及五车间主任。因为是新开的厂，我们同批应聘进厂。

那个打工的年代，如在工厂进入管理层，每天生活是享受干部餐待遇。

其实所谓的干部餐，只不过是不要钱，免费，每桌六个菜，一碗汤，所谓的汤就是表面漂几片菜叶，顺便冒那么几滴油而已，我们戏称为“刷锅水”，一桌 8 人要说吃饱不太可能，但毕竟不用花钱。

打工的生活大同小异，到哪里都差不多，单调而辛苦的流水线，机器轰鸣、不断加班加点，每天喝着刷锅水，带着布满血丝的双眼，在车间—宿舍—车间三点一线循环，实在是欲睡不能，欲休无假。偶尔难得的一个休息天，哪怕偶尔一个晚上可不用加班或者休息半天，那真是高兴得手舞足蹈，如同三岁小孩拿到过年红包和奖励他一个小时的游戏一样，笑得嘴角都咧开合不上了。因为这点时间，大家可以和打工小妹约约会，看看一元钱的录像，或外出宵夜，来一盘田螺、喝一瓶啤酒。那高兴的小脸一个个似刚刚盛开的小花一样，甜美无比。那时的我们，无论是打工仔还是打工妹，是多么的单纯、天真，又是多么的平凡浪漫，大家从没追求过什么奢华高端的享受，只知道辛苦赚点血汗钱，好寄回家补贴含辛茹苦的父母，只希望每年有点小钱可以平安回家过年。每每想起这些既酸又甜、虽苦却乐的打工时光，就觉得更有激情，更有动力，对未来更是信心百倍。

除了过年，我们这些打工仔、打工妹是不会回家的。甚至春节回去过年的人也不多，为了省钱，只好在他乡异地忍受孤独和煎熬，同时默默祝福家乡的父老乡亲。至于端午、中秋这些节日，工厂里的同事会一起聚聚。记得 1992 年的一个周末，在东莞石排镇打工的湖北老乡很多，都是因为穷，都是为了多挣点多攒点钱寄回家乡，而舍弃家园来此打拼。当时打工的女孩子一般比男生多，因为工厂招工时，女孩子比男孩子找工作容易多了，都是流水线作业，劳动密集型企业。

“唐先生，谢谢你啊。我来这打工两年了，无论是什么节，都没人陪过我。”周末晚上下班，我请一个老乡吃饭，她是大悟人。

“不会吧，你这么小都来两年了，你这么漂亮（她皮肤白皙，身材匀称，亭亭玉立，实属可爱型的），怎么没人陪呢？”我惊讶地问道。

还没等我好奇心得到满足，她已忍不住失声痛哭起来，“我 16 岁就随老乡跑到了这里，家里实在太穷，房子都倒塌了，老家在偏远的山区农村，爸妈体弱多病，弟妹还得上学，实在没办法，所以这两年就跟了这个香港佬”。我看她越哭越伤心，实在不知道如何安慰是好，但内心实在平静不下来，为什么会这样呢？难道只有被包养才能摆脱困境吗？

“那他对你好吗？”我只好转开话题，此语一提，她更加伤心了。“你看我胳膊上，只要我哪天不回家，回去后，他就会打我、虐待我，我已受够了！”此时此刻，我如五雷轰顶，心里翻江倒海似的难受。

“你还这么小，你怎么能承受得住这么大的负担和压力呢？这些不是你这个年龄应该承受的呀，你应该好好打工，靠双手靠自己的智慧去挣钱去学习，慢慢地强大自己，等自己真正有本事了，才有能力去孝敬父母帮助你的弟妹呀？”我当时几乎用非常生气的语气对她吼着，经过我苦口婆心跟她几番理论，她终于低头沉默了……

俗话说：“十五的月亮十六圆。”但那晚的月亮特别圆，特别亮，夜晚如同白昼，回家的路似乎再也没有黑暗了。没过几天，这个女孩便不告而别了，我曾四处打听她去了哪里，但一直杳无音讯，当然她如今又如何，就更无从知晓了。

时间过得很快，一晃四个月过去了。当初我们进厂务工，公司老板答应我们的待遇包括一线工人的福利一拖再拖，始终不予兑现。我们几人联名反复向上诉求，但仍石沉大海。于是以生管课长涛哥（雷涛。至今仍是我最好的朋友）为首，加上我们六个车间主任共七人一起商议该如何解决这个问题。9 月初的一个夜晚，我们加班至 11 点，大家一起来到石龙一处河边的沙滩上，开始商议解决方案。

“这样吧，你们回去动员车间员工，只能用罢工的方式才能解决这些问题，否则这些个黑心老板，永远不会顾及咱们的死活，”涛哥很愤慨地说。“是啊，涛哥。我们听你的，就这么办。”我们都表示赞同，个个义愤填膺。

“真的不能再让老板随便欺负咱们这些打工仔、打工妹了，我们要为他们也为我们自己讨回公道，不拿回我们的血汗钱，誓不罢休。”大家越说越激动，情绪越来越高。虽穷一点，但意气风发，敢作敢为。随即由涛哥代笔起草了一份谏言书，委婉地要求公司解决此事，大家各自在上面签名，同时我们一致决定如果谏言书呈上去三天他们仍不理睬的话，定于9月9日，即1993年9月9日早上8点集体罢工，商议完后，大家的手紧紧地握到了一起。

一枚硬币抛向空中，在空中折射着自身的光芒，落地时或正或反，而生活中的人也或正或反。有的人为着正义，为着使命，为着良知；有的人为着金钱、为着权力、为着地位。而我们除了赚钱，最重要的是守住自己的底线。做企业也是一样，要有良知，须知没有工人辛苦的产出，哪有财富的积累。工厂老板压榨员工，大摇大摆的榨取工人的剩余价值，所以我们在石龙河边商讨的不仅仅是为了自己的待遇，更是为了厂里上千的员工。

人在希望事情圆满解决的时候，事情往往会令你失望，三天后工厂仍视我们的谏言如无物，似乎没发生过此事一样，这些个老板太不把我们当回事了。1993年9月9日早上8点整，随着生管课办公室的一声令下，一车间的员工全体下楼，他们真的都很团结，关键时刻没有任何人愿意落下，不到三分钟近200人的一车间全体员工涌出了车间；紧接着二车间、三车间、四车间、五车间及六车间，所有的员工由我们车间主任带头，近1200人潮涌般的集聚到工厂空地，开始讨薪讨福利、声讨被压榨的血汗钱，工厂一下子陷入瘫痪状态。

工厂的香港代表出面协调，但始终不签名是我们本质的诉求，最后东莞市仲裁委及石龙派出所终于出面协调解决此事，富诚公司妥协了，第二天便开始解决此事。最终，公司决定补发克扣工人的应得福利和薪水。我们7人当然被炒了鱿鱼，但大家无怨无悔，均开心地离开了。

2018年夏天，一个偶然的机会，我通过关系，和当年的涛哥联系上了，他现在一家国企任高管，生活事业都很圆满。我中途和他约聚了一次，见到他时还是如当年那么的帅气而有正义感，只是青春已逝，岁月不饶人。当我们喝酒聊天时，没想到他拿出了当年我们一起准备罢工前的谏言书手稿（影印件如下），看后我们相视一笑，一杯小酒进肚，往事只能回味。

致富城公司书

張生、張太：

我们都是想干一番事业的内地各省的大学生，我们带着一份良好的愿望和幻想，应聘到贵公司筹备新厂任车间主管。几个月过去了，尽管各车间主管兢兢业业，埋头苦干，任劳任怨，产品源源不断生产出来，虽然也有不少失误。但在上面大您公过问生产的情况下，新厂正逐步走上正轨。但是我们所得到的待遇和我们应该得到的极不相称。由于上层统筹、管理的混乱，使我们看不到公司的希望之所在。特别是石龙人的严重排外倾向，更使我们忍无可忍，感到前途渺茫。这一切，使我们不得不走我们极不想走的一步棋——集体辞职。我们要争一口气。我们要让他们知道我们不是那种呼之即来、挥之即去的无能之辈。請你们还我一个公正，还我一份自尊。望公司慎重考虑，妥善解决。

人事部文员 [illegible] 签名：动力车间：[illegible] 生产部：潘涛

动力车间[illegible] 一车间：[illegible] 四车间：[illegible]

出纳：曾[illegible] 二車间：邓小林 五車间：张晓[illegible]

生产部：[illegible] 三車间：邱忠 六車间：[illegible]

一纸谏书映眼帘，
回忆往昔泪涟涟。
二十六载春秋逝，
手迹句句诉酸甜。

一周后，我和另外两个同事一起入职石龙本地人开办的首饰盒加工厂，我在那做销售。记得快年底了，公司让我去开拓武汉市场，听说武汉的金银珠宝首饰市场很大，这样对包装盒的需求量当然也是不少。

一天夜里，气温很低，寒气逼人，我用一个折叠拉车上面捆绑四个装满首饰盒的大纸箱，不是特别重，但其面积及高度完全将我整个人可盖住（我这小身体精力是没问题，可身高仅 1.6 米），为了节约成本，只能一个人拖着四大箱产品缓缓地移步至石龙火车站，遇上过道口及安检时就很迅速地搬移这四个大纸箱，否则就挡别人的路，又怕货弄坏又怕赶不上火车。经过满头大汗的反复折腾，我终于坐上了当晚 11 点多的火车，当晚车次是从东莞石龙至广州到武汉的绿皮火车（慢车硬座），票价最便宜——148 元。

经过 15 个多小时的行程，终于到了武昌火车站，下车时人如潮涌，别说这四大箱货我如何弄下车，如何移至站台外，就连我本人想稍微轻松点出站台，都是很艰难的一件事。我只能等人下一部分后，将货一箱一箱往站台上搬，然后再一箱一箱往出站口移，但搬移的距离要始终保持在我的视线范围内（因为出站口都是上下步梯及地下通道，此时拖车当然也就无用武之地了），就这样经过近 2 个小时的折腾，终于将自己和四大箱货安顿在了一个小旅馆。随后几天，我拿着样品前往武汉新世界百货、中南商业大楼及司门口商业大楼等一些百货公司的黄金首饰店铺调研、推销。经过近一周的市场调研及推销，我的足迹遍布了武汉三镇的每一个黄金珠宝店，产品已卖的只剩最后二十几个项链托盘了。

一天中午，我带着最后一点产品来到汉口六渡桥。这里四面都是商场，到处是武汉小吃如四季美、蔡林记、福庆和老汉口等老字号。六渡桥人行天桥上总是熙熙攘攘，商贩的叫卖声、汽车的鸣笛声，桥下四面八方似蜘蛛网的电车线路等，构成了老汉口核心地带嘈杂而又生活化的繁荣昌盛场景。（2014 年为了大武汉的建设，六渡桥人行天桥被拆，从此这里成为老汉口人永远的回忆。）也许正因这里的繁华为我的本命年（这一年我 24 岁）带来了人生的一次创业机遇。这里有个六渡桥黄金首饰店，店铺位于最耀眼的东北面，面积有近三百平方米。当我背着首饰包装盒进去推销时，正好碰上了他们公司的李经理，人很帅，武汉本地人，约莫四十岁左右，他对我的产品很感兴趣，经过讨价还价后，我最后二十几个包装盒全部卖给了他们，随后他又和我扯了下闲话，问我哪里人、什么时候去的广东打工、为什么去那里打工等一些他感兴趣的话题，他说他很欣赏年轻人敢独自闯荡的那种勇气和精神。接着我们又聊了下这个市场的前景，并各自阐述了对它的看法。我表示这个市场很大，因为我们以前的港资厂每周平均出二个四十尺货柜，订单做不完，虽然是出口，但如此大的量、如此巨大的市场，它一定会影响内地的市场，所以前景肯定很好。“小唐，我想带你去见一下我们的老板，你有时间吗？”他听我讲完，忽然话锋一转。“可以啊，我当然有时间。”我不假思索地回答。这正是我求之不得的，正希望有机会在武汉发展呢。

第二天上午 10 点，我来到位于汉口的他们公司的总部，李经理带我见到了公司老板王总，他约莫五十出头，一口武汉话，显得很有魄力，也很沉稳，很有成功人士的那种风范。“听说你毕业就去广东打工去了？”王总问道，“听我们李经理讲，你对这个首饰盒的市场和生产工艺都很有信心，觉得前景不错？”“是的，王总。”我接着说：“我一想到我们工厂每周出几个四十尺货柜，就想为什么不自己也开一个这样的首饰盒加工厂呢？尤其此次我来武汉跑了下市场后，认为国内的市场也不差的，且武汉也没有这样的工厂。”“那生产工艺你有把握吗？”王总随口又问道。“我肯定有把握，因为我在东莞那家港资厂是做车间主任的。”我回答道。“好，小伙子，你既然这么自信，我给你这个机会，我们一起来试试办个这样的加工厂。”王总终于露出了笑脸，“这样，小唐你拟个市场调研报告和工厂开办及经营的一整套计划书给我，我们看后再商量，怎样？”“王总，好的，我一定认真、仔细地做好后向您汇报。”我高兴地说。我感觉这是我人生中最开心的一天，虽然还没成，但至少已有了期盼，迎来了我人生第一次创业的机遇。我似乎已在我梦寐以求的创业道路上疾驰奔跑，真是“众里寻他千百度。蓦然回首，那人却在，灯火阑珊处”。就这样我带着无比感动感恩的心态，载着我的梦想，满怀着即将奔赴美好未来的动力，开始着手笔耕企划书。

经过两天的再次市场调研，我很用心地写了一份调研报告及其销售模式。同时将工厂的选址要求，需要什么设备，什么样的生产线，技术工艺需求，生产产品所需原材料，辅助材料包括进货渠道以及需要招多少人，计划多少产能产值，计划投资多少钱，多长周期收回成本，利润率是多少，且分为一期二期之生产和投资计划等等。我非常详细地写得清清楚楚，两份计划书应有十五页左右，当然里面也包含了我的待遇要求提议。可当我的计划书经他们公司王总看后，他赞赏我的计划书很不错，只是强烈要求我必须在里面出资占股，否则计划可能就泡汤，前功尽弃。真是巧妇难为无米之炊，我什么事都能做，唯独这件事，我是完全没能力做到，最后王总跟我握手并拍了下我的肩膀："小伙子，请你理解我啊，我是门外汉，如你不投资，我怎能放心。我是生意人，必须得首先考虑风险，所以很遗憾，今后我们再找合作机会吧。"我知道，这肯定是不可能的了，所以很感激地说了些客套话，也没再想着去说服他改变意见。

我就这样带着梦还没开始就醒了的经历，结束了武汉之行，又继续南下再去找寻我的梦，去圆我的梦。

1994 年 9 月，我迎来打工生涯的一个重要转折点——找到了适合自己的事业方向，找到了可为之一搏的未来发展源泉。经过面试，我顺利进入了一家台资电子企业——深圳大来电子科技有限公司。这家公司在深圳上沙车公庙，生产各类电子产品连接线（电脑连接线），我的职位是仓库主管，从此电子产品工业与我结下了不解之缘，以至到今天我仍没离开这个 IT 周边相关产业。

深圳是电子产业发展的前沿阵地，20 世纪 90 年代，正逢日本、美国、中国台湾的电子产业向外转移，而深圳的产业升级规划和发展高新技术的布局正好与此不谋而合，这也成就了以华强北为代表的模仿创新时代。1985 年，电子工业部在深圳成立了深圳电子集团，1988 年改名为赛格电子集团，并在华强北的赛格工业大厦设立了全国第一家专门销售电子元器件的电子产品交易市场——赛格电子配套市场。由于华强北填补了市场空白，内地和香港的厂商闻风而至，规模急速膨胀。在最繁荣的 20 世纪 90 年代和 21 世纪初，这里汇集了 700 多家商场，日均客流量近百万人次，年销售额 260 亿元以上，一度被视为中国电子行业的“风向标”和“晴雨表”，华强北也因此被称为“中国电子第一街”。利用香港已经建立起来的珠三角东岸商业网络，台湾的电子产业也开始向大陆分拨，我受聘的深圳大来电子科技有限公司就是其中之一。

“人生可比是海上的波浪，有时起有时落，好运歹运，总嘛要照起工来行，三分天注定，七分靠打拼，爱拼才会赢……”一曲《爱拼才会赢》，公司年终尾牙（即年终老板宴请辛苦一年的公司职员）正式开始。“我叫蒋介山，刚才一首歌献给今晚在座的各位同仁，这首歌是我们创业打拼的励志精神食粮。”公司老板自我介绍说。这就是早期台湾人的风格，做事业兢兢业业，很能拼、很有智慧，他们都是电子行业的领军人物，我很敬佩他们，从某种程度上讲，当时我对他们佩服得五体投地，尤其是他们管理工厂的严谨态度和敬业精神深深地震撼了我。

就这样从 1994 年至 1999 年，我在电子产品领域从没离开过。只是在这 5 年多的时间里，我不停地跳槽，公司不一样、职位不一样，但接触的产品几乎是一样的，目的是为了更好地锻炼自己，为日后自己创业奠定基础。

在此期间做业务销售时，记得 1996 年 11 月，有天晚上近 10 点半左右，我提着业务包，穿着单薄的西装，在寒风凛凛的夜晚，站在东莞城区一公交站等车，忽然眼前出现四个高大的年轻人，还没等我缓过神来，拳打脚踢似雨点般劈头而来，我连呼救甚至想求情的机会都没有，我只觉得一下子天旋地转不知发生了什么事情，我被按倒在地，他们将我的包，我唯一的 call 机即当时流行的 BB 机，以及浑身但凡值钱的东西洗劫一空，这时我才意识到我被打劫了。等我缓过神来，他们已消失在茫茫的夜色中，毫无踪影。

我目瞪口呆，像傻了似的，但仍然抱着一线希望大声呼喊：“抢劫了，抢劫了，帮我抓住他们，抓住他们。”我几乎是歇斯底里地狂叫，但除了天空中回荡的怒吼声外，周遭安静得几乎能听到自己的心跳。公交车站旁边就是一家公司的保安室，保安披着军大衣出来瞟了我一眼，又回去了，好似什么都没发生一样，置身于事外。此时的我已是衣衫褴褛，衣服已无法扣上，脸上被打得皮青脸肿，头重脚轻，我也不知道那晚我是怎么回家的……

在电子产品行业浸润 5 年多，我从最初的仓库主管做起，慢慢接触到产品的制造、销售，最后成为一家公司的总经理特别助理。生产产品都是电子周边相关产品，如电脑连接线、电脑接插件或电子产品鼠标、音响、键盘等。在这 5 年多的时间里，学到了工厂的所有运转体系及制造运营模式，同时积累了一些业务资源和人脉关系，以及有了一点点经济基础，为将来实现我的最终目标奠定了一定的基础，因为我当初出门打工的理想，赚钱不是根本，积累各种能量，最终自己创业开工厂才是我的终极目标。

这个世界不会因为你的疲惫而停下脚步。今天你不用力走，明天就要用力跑。即使你用力跑、使劲跑，也许还不如当初先用力走、坚持走。如果有些事无法避免，那我们能做的，不过只是把今天的自己变得更加强大，直到强大到能应付一切挑战。

2016 年，应一朋友邀请，再次来到深圳，计划在这片热土再创奇迹，再书深圳梦。触景生情后，作诗《深圳》：

《深圳》

改革开放的前沿阵地
难忘的热土，不舍的情怀
二十五年前
为了生存和理想
紧随百万打工大军

南下来此打拼寻梦
二十五年后
为了完成理想
又来此圆梦
在这里
我们哭过，我们憨笑
我们劳累，我们快乐
我们背井离乡
我们忍受孤独
我们日夜坚守流水线
任劳任怨
这一切，只为
出粮日的那个瞬间
当手捧微薄
却又如获至宝的薪水
我们含泪欢笑
因为明天又可
向千里之外的家乡汇钱了
那种内心的激动与喜悦

已然忘记了这里的辛酸血泪

可谁又曾想过

昨天的你经历了什么？

明天的你又将如何

（11）

第五章 揭秘三部曲创业

世纪之交，千禧之年，1999年12月，深圳市拓峰电子厂正式成立。地点：深圳宝安西乡固戍村。工厂法人经理：陈立红。投资资本：人民币35000元和港币30000元（港币款由本人向朋友王平筹借）。工厂经营范围：加工生产各类电脑连接线，如信号线、电源线等。工厂全部人员有七人。生产设备有一台注塑机、一台端子机、一台脱线机，另外还有手啤、二张工作台。厂房为租住一民宅，共四层，每层约五十平米。一楼为生产车间，二楼为仓库，三楼为宿舍，四楼为饭堂和宿舍。

这一年我整三十岁，而立之年，似乎是验证了三十而立之说。

那个年代，改革开放，深圳是经济特区，沿海地区——

这选择在最苦的年代，但从这选择，因为我们是否成功？

到处是坑坑洼洼的，车况很差随处可见，日不过是内

和它外面还是大不相同，我们住的是楼房，

在107国道边，当时107国道完全是泥泞的道路，挖土机

飞扬，但正是此地，这个看似荒凉偏僻的地方，

却在周边排布着各种各样大大小小的电子厂、鞋厂、

五金制品厂、塑料制品厂等等，大部分属外商投资，来料加工企业，

[illegible]印刷厂等。

在这里集聚着几十万的打工仔、打工妹，都是年少的

青春、活力洋溢，他们情系家乡，离乡背井，

他们在这里流汗流泪、加班加点，默默无闻地付出，

道尽辛酸，显露出他们的。他们在这里为这个新

兴的城市，为改革开放的阵地，添砖加瓦，默

默地作着贡献。

11.1

第五章 拼命三郎初创业

联想集团的创始人柳传志在人才培养方面，总是会狠狠地“折腾”一番，尤其是对企业的管理人才。他有一句名言：“折腾是检验人才的唯一标准。”他有两个接班人：杨元庆和郭为。为了培养他们，柳传志让他们轮岗，一年调换一个新岗位，“折腾”了十几年，才把他们培养成了“全才”。

华为也流传着一句名言：“烧不死的鸟是凤凰。”意思是，只有经得起“折腾”的人，才是真正优秀的人才。

对大多数人来说，因为看过了世界，才安心在一个地方生活下来；因为折腾过，才最终收获了安心。无论是普通上班族还是企业家，经得起折腾是成功的必备素质。折腾等于体验，亲身体验是最深刻的智慧。

当然光能折腾，而无胸怀，不足够包容，不懂得珍惜，要想成就一番事业，只会是梦一场，空欢喜。正所谓有了宽广的心胸才能容纳思想，有了思想才能汲取智慧，有了智慧才有新的思路，有了新的思路才能找到一条康庄大道。古人说：“取大节，宥小过，而士无不肯用命矣。”“宥”是指宽恕。不懂包容的人是做不到“取大节，宥小过”的，事实上，他们更容易对“小过”斤斤计较，抓住不放，如此自然会失去情商，降低智商，使自己人生的道路越走越窄，最终会导致穷途末路。

人人都渴望进步成长，也知道轻装前进更轻松快捷，却不知道负重前行才能走得更稳，才能最终硕果累累。

“最丰满的稻穗，最贴近地面。”生活中无数成功的人，无不是负重前行的勇者。我们应当知道，只有让心灵背上责任、希望、动力、信念等，才能走得更远，步伐才会更为坚实，路才会越走越宽。

世纪之交，千禧之年，1999 年 12 月，深圳雄峰电子厂正式成立，地点：深圳宝安西乡固成村，工厂法人经理唐良雄，投资资本：人民币 35000 元和港币 30000 元 ，港币系好朋友王平筹措，工厂经营范围：加工生产各类电脑连接线，如键盘线、鼠标线、电源线等。成立之初工厂共 7 人，生产设备有一台注塑机，一台端子机，一台脱皮机，六台焊线机，两张工作台；厂房租住一所民宅，共四层，每层约五十平方米，其中，一层是生产车间，二层为仓库，三层为宿舍，四层为饭堂和宿舍。

这一年我整整三十岁，而立之年，似乎是验证了三十而立之说。三十而立，立什么？立身、立业、立家。立身是立足于社会的基本要求，就是确立自己的修养和品格。立业就是从现在起确立自己事业的方向，立业不单单只是谋生，还要承担一定的社会责任。立家就是应该有了属于自己的家庭，成为撑起家庭的支柱。先立业再立家，还是先立家后立业，因人而异，不必苛求哪个在先哪个在后。

30 岁是人生的一个分水岭，从 20 岁到 30 岁是一道坎，经历了这个社会最真实的一切，度过了人生最桀骜的时光，回望一路走过的足迹，有的深，有的浅，有的歪，有的斜，有的甚至踉踉跄跄、跌跌撞撞，但无论怎样，总算是有惊无险走过来了，我开始思考未来的方向。继续打工还是创业？我在权衡，我问自己，我到底想要什么？什么样的生活能催我兴奋让我前行？我有没有资格去实现？经过 5 年的行业学习，在各个电子厂的经历、遇到的人、经历的事，都让我成长得很快，我能在而立之年创办一家属于自己的公司吗？人这一辈子，不管是山重水复，还是柳暗花明，始终逃不过“自己”两个字。开一家自己的公司是我最初的梦想，是我来广东的初衷，那就试试吧，抱着期待，带着梦想，雄峰电子厂终于呼之欲出了。

工厂开业的那天（即 1999 年 12 月 30 日），正好迎接新年，那晚我平生第一次饮酒小醉，快凌晨时一人站在这栋民宅（即工厂）楼顶遥望远方，踌躇满志。我暗自起誓，我要征服我的世界！

改革开放的前沿阵地——深圳经济特区，关内和关外还是有很大差别的。关内关外简直就是两个世界，进一趟关内，就像出趟国，需要找到关口并需要相关证件。关外到处还是坑坑塘塘，道路不平、路灯不明，破旧小屋随处可见。雄峰电子厂属关外，位于宝安 107 国道边。当时 107 国道完全是黄泥巴路，整天尘土飞扬，但正是这个看似荒凉之处，却在周边排布着各种各样、大小不一的电子厂、鞋厂、五金制品厂、塑料制品厂、制衣厂等，这些工厂大部分是外商及港台商人投资的。

20 世纪 90 年代的深圳吸引了无数的打工仔、打工妹，他们为这里的一切着迷，不想再回到乡下，都是年少青春，活力满满，梦幻十足的青年，他们在这里没日没夜地加班加点，脸上却洋溢着微笑，显露着风采，他们在这里为这个新兴城市、为改革开放的前沿阵地添砖加瓦，默默地书写着自己的传奇，缔造着城市的美梦。

雄峰电子厂的诞生，将我从成千上万的打工仔中脱离开来，我由此从拥有八年打工生涯的打工仔变成了一个服务于打工仔、打工妹的小老板，身份虽然略有改变，但工作强度、工作时间反而远远超过从前。仍然是流水线、业务及客户应酬，以前想着为他人打工，现在的动力则是为自己打工，当时为了联系客户，我买了人生中第一个手机——直板的三星手机，花了不少钱。

随着机器几乎二十四小时不停地运转，时间推移到 2000 年千禧之年的 5 月，经过大家艰辛的努力，工厂由刚成立的 7 人增加至 30 人，设备产品种类也增加了两倍之多。

记得国庆节前夜，辛苦一天的工人刚要睡下，楼下卷闸门被敲击的声音在夜空中突兀地响起，好像天塌下一般。

“开门，开门，查暂住证。”

原来是西乡派出所治安联防队查证来了，那时在珠江三角洲的务工人员必须要有三证，即暂住证、工作证及出入特区边防证，即便是你在工厂，联防队也会隔三差五地来查证，主要是改革开放初期，全国各地人太杂，很容易引起治安问题，而影响社会稳定。

门开了，治安队一行 5 人进来后，楼上楼下管你睡没睡，是男是女，都被吆喝着起床交证件，这一夜我工厂被带走了近十个人，有的是临时招进来还没办证，有的是为了省钱没办证。凌晨时分，我从外忙碌回厂，听说此事后立马前往西乡派出所治安队。

“能否将我工厂的人先放回去休息，我们明天来办证，如何？”我找到他们的负责人问道。

“不行，今晚不能去。”负责人毫不留情地说。

“我是你们黄教（即派出所教导员，当时我跟他关系还可以）的朋友，能不能通融下？”我笑着说道。

“那你跟他打电话吧。”他们说着。我便掏出手机，拨通了黄教的电话，经过多番解释，保证第二天会及时补办各种手续，终于把我们厂被带走的工人安安稳稳地带回了工厂，此时已是凌晨2点多了。

付出与收获一般是成正比的，只要肯努力、够坚持，方向找准，成功的彼岸总在那等着你，2001年6月雄峰电子厂经过一年半的发展，又迎来了它质的飞跃与蜕变，工厂由宝安西乡迁至宝安沙井康尔达工业区，同时更名为深圳雄之峰电子有限公司，厂房面积由原来200平方米扩至800平方米，员工由30多人增至80人，厂址仍在107国道旁。

随着工厂面积的扩张，客户订单数的增加，相对于当时还是小规模的工厂，原材料购买等很多费用的激增，使我越来越不堪重负。因为随着技术的发展，电子产品在不停地降低成本，产品单价越来越低，但劳工成本却一直在上升，而生产电脑连接线的加工企业越来越多，电子企业尤其是我们这种劳工密集型电子加工企业，生存就更加艰难了。

有订单时，愁生产量跟不上，担心质量管控不到位，怕收款不及时无法支付员工薪水和工厂开销，尤其是厂商货款不及时付出，原材料又进不来，会极大地影响生产。订单少时，又焦虑这么多人整天光吃喝房租水电，就会压得人喘不过气来。

我们这种来料加工厂，想要赚很高的利润是不太可能的。因为生产产品全是手工密集型的作业流程，所以员工多。要想提高产量、就必须每天三班倒，让工厂机器设备几乎二十四小时不停，那相应的后勤保障也得跟上，这样工厂饭堂必须提供一日四餐之伙食，即早餐、中餐、晚餐及夜宵。每当下班，看到一窝蜂飞奔饭堂吃饭的这些员工，我都会很开心，即便自己已累得苦不堪言，眼带血丝，因为她们的存在是我的一种成就、一种价值体现。同时又非常惆怅，每天工厂一开门，就有一股无形的压力，让你喘不过气来。记得有一次饭堂主管跟我说，已经没米了，要赶紧买，否则员工下班没饭吃。“怎么办呢，现在我已没钱了，还没收到货款。”我暗自焦急。

“小杨，我们去凯旺（我好朋友的工厂）陈总那”，我想只有求助于他，找他借点钱，先解燃眉之急吧。于是，我们开着货车（江安五十铃）疾驰而去。车快驶入凯旺时，忽然一阵急刹，砰的一声，只见一辆小轿车撞上了我们的车，我们急忙下车查看究竟，结果对方不谈任何原因，也不管谁对谁错，他就说车撞上了，我也不要什么，你们赔我 2000 元即可走人。“我的天呐，原来遇上碰瓷的了”，我一下明白了。真是急死人，工厂食堂等着钱去买米，这里也摆不脱，必须要赔钱，我心里烦躁得恨不得撞自己的脑袋。本来找朋友借钱不好意思在电话里开口，所以才专程去找他，谁知碰上这等事，没办法只好硬着头皮给陈总打了求助电话，在他的帮助下，问题总算解决了。

为了尽快走出眼前的困境，我每天长时间奔波劳累，想尽办法去挖掘新的客户，找到更优质的订单，因为工厂的一切是我的责任，同时也是我的骄傲，我因之而自豪而浑身能量满满。

我们生产的电脑连接线，其销售渠道一部分是与工厂直接配套，如一些台资电子厂等，另一部分是电脑市场，如深圳华强赛格、南京珠江路电脑市场及北京中关村等。像我们这样的电脑连接线加工厂，一般都会在全国各大城市的电脑市场设立直销柜台，售卖电子产品零部件。为了分得这部分市场，我们工厂也在第二年，分别在北京中关村和深圳华强赛格电脑市场设置了雄之峰电脑配件专柜，这样有些客户会直接向我们柜台下订单，甚至有些国外客户也会直接找到柜台下采购订单。

电源线接插头之注塑成型生产线

常言道，福无双至，祸不单行。一天晚上 11 点左右，我在外应酬，工厂打来电话，“唐总，成型班（即注塑机班）值夜班的小汪，开成型机时不小心将手指头压断了。”“赶快送沙井人民医院。”我接完电话立马赶往医院，那时没有医保也没买任何商业保险，工伤的医药费自然得由工厂承担。

“情况怎么样？”我到沙井人民医院已是凌晨 12 点半。

“情况还不是很糟，但也会有点伤残。”工厂夜班班长回答道。

了解到情况后，悬着的心总算放下了，毕竟没有太大的伤残事故，我也就安心了。为了安抚受伤的员工，我要求伙房每天给他做点好吃的菜，每天煲个汤，帮他补充营养，希望他能尽快恢复；治疗期间，我也去医院看过他几次，并且告诉他，恢复后，工厂会为他安排最轻松的工作岗位，他也笑着答应了。至此我以为没什么大的问题了，但事情的发展出乎意料，让人猝不及防。这个受工伤的员工最终将工厂告上了法庭，要求赔偿一笔不小的精神损失费、误工费及伤残费等。

眼下工厂刚搬迁扩厂，耗费颇多，已经难以支撑，到哪去弄钱赔给他？且又需花律师费，花更大的精力去处理，这自然就加重了工厂的负担。真弄得我焦头烂额。最后，通过多方周转，总算了却了这件事。

工厂的发展离不开员工团队，更离不开客户与厂商的关爱与支持，那个年代，我们这些背井离乡的有着雄心壮志的热血青年，很多都是从打工开始，再到艰苦创业，每个阶段都走得很坎坷、辛酸，都是一部部血与泪，痛并坚守的拼搏传奇。

电脑连接线之焊线和半成品测试生产线

我有一个客户，他是山东人，他工厂是加工、生产手机充电器的，充电器当然需要配备电源线，所以，我们工厂就成了他的供应商。我们往来的关系很好，配合很默契，但客户压款、三角债都是通病，他自然也经常压我的货款。

有一次我也被我的供应商逼急了，急需支付货款。“高总啊，实在没办法了，能否先帮忙付点货款，我应下急呢？”我拨通他的电话说着。

“兄弟，实在不好意思，我现在正穷得揭不开锅，再容我一段时间吧。”他也向我诉苦。我们俩你一言我一语，这样聊着聊着，我反倒就不好意思再紧逼了，不仅如此，我们竟然最后还神奇地相互理解，达成了一种共识，我们都置身于对方的境况，知道对方这么做的原因，明白各自当时的感受和需要，误会消除，心亦释然。同在一方热土，我们相信我们携起手来可以共创美好的明天。

客户和厂商永远都是工厂生存的命脉，对待他们，我要保持一种非常和谐、非常感恩的心态，去和他们交朋友、和他们一起做事业。

从 2002 年下半年开始，我们工厂几乎每十天出一个四十尺货柜运往中东，形势的确也不错，只是利润太低，这样累积下来，我的货款压力就很大，唯一的好处是中东客户都是货柜到港口报关交单即付款。

2003 年初赶制一批中东客户电脑音箱

“唐总啊，我实在顶不住了，先帮我支付一部分货款吧。”一天塑料制品厂的马总来到我办公室，满脸无奈地对我说。那段时间我的工厂正为中东客户赶制一批电脑音响，他的工厂是我工厂音响塑料外壳的供应商。

“马总，再等下月吧，我一定想办法支付给你，因为这批音响下个月出货，货出回款了马上支付货款给您。”我诚恳地跟他解释。就这样我们俩相互诉苦了近一小时左右，因都相互理解各自的难处，所以一时找不到解决办法。沉默了大概十五分钟左右，马总忽然说：“唐总，既然我们都相互理解，我们谁也别怨谁了，要不我们抓阄，写两张纸条，一张为现付，一张为不付。”“好啊”。我应声道，当时想估计他也是实在没办法了，我要是这都不接受，就对不起朋友，对不起我的合作伙伴了。

随即我们两人在办公室开始了这个小游戏，两个纸团落地，只见他东瞅瞅西望望，不知选哪个，看了一会儿，他很自信地捡起被扔在我办公室一棵发财树下的纸团。

“你确定选这个？”我笑着问他。

“我确定。”他微笑回答。

当拨开纸团的那一瞬间，他沉默了，我却哈哈大笑，同时也很无奈。他一脸复杂地对我说：“我认啦，唐总，你下月付款吧。”然后潇洒地走出了我的办公室。

我看着他离去的背影，刚刚还笑容满面的脸也沉了下来。真的，我们大家真的都好不容易，我暗自决定，不用等下月，尽量想办法早点将他的货款付给他。这就是我们异乡打拼的游子，这就是我们这些深圳拓荒者的无奈，但毕竟是不得已的选择，因为我们要立业，要成功！

写到这里也许有人会好奇地问，怎么只见你打工创业而不见你的婚姻情感之事呢？1992 年 12 月，在东莞打工一年后回到家乡，我便与高中同学（她刚大学毕业）举行了一个非常简单而寒碜的婚礼，因为我们兄弟姐妹太多，家庭又很贫穷，前面六个哥哥姐姐分别已结婚嫁人分家（农村人一旦结婚便与父母分家，多多少少分些财产什么的），最后剩下一土坯厨房为父母和我居住之地，正好这一年夏天大风大雨，雨水成灾，所以唯一居住之地也已倒塌，我临时婚房便暂借于二哥二嫂家，毕竟都各是各一家人，我们婚后第二天，便叫了一辆手扶拖拉机将几件简单的衣柜被子行李，拖到我老婆的娘家，那时我觉得我们是多么坚强，多么有志气，始终没抱怨，没叫苦，没流过一次眼泪。

终究哪里都不是我的家，哪也容不下我久留。记得是 1992 年 12 月 28 日（25 日结婚），我与老婆背上简单的行李，辞别家乡父母，便登上了南下的列车，开始继续自己的打工生涯，去开拓自己的梦想，去找寻属于自己真正的家。从那时起，每每听到《我想有个家》这首歌，我会情不自禁地暗自流泪，可以说，这首歌贯穿着我从打工到创业，甚至至今，它一直是我的眷念，一直是我前进的动力。

幸福的生活，往往结局一样，不幸的人生，总是各自不同。梦想是美好的，年轻激情是无所不能的，但毕竟是人又是完全不成熟的年轻人，所以一旦理想与现实相碰撞时，不坚定信念者，一定是选择实实在在的现实，再不去奢望未来，不再会为未知的一切去创造明天，因为她要的是现在。1994 年秋天，这个只会出现在电影和小说里的悲剧，这一天很真实地落在了我的头上，那个夜晚，那个深圳车公庙的夜晚，将我彻彻底底地捶打得粉身碎骨，撕裂得遍体鳞伤，不留任何尊严，我无法说什么，也没咆哮怒吼，而是选择了沉默，即便内心翻江倒海，有万语千言，但我的口似乎被什么粘住似的张不开。每每回忆此事，我的心总是如刀绞，伤心裂肺，但同时也因此一直敲打着我，让我奋斗，让我成长，不忘伤痛，逼我前行。

时间最能淡化一切，也能证明一切，随着时间的推移，一切慢慢地趋于平静了，再长的路也要走，再苦再痛的生活，也必须得延续，因为我打工的目的是要成功，要成就一番完全属于自己的事业，哪有闲暇总做这些无谓的慨叹。我发誓，广东就是我的人生、我的事业、我的故乡，我一定不会放弃，永远不会服输，无论是事业还是爱情。

正如沈从文说的那样：愿你在历经过所有的世事沧桑之后，忍受了所有的孤苦无依之后，挨过了无数个泪往肚里流的夜晚之后，内心仍然充满积极向上的希望，仍然拥有疯狂爱一个人的力量。

经过自己的不断努力与艰苦打拼，终于在 1995 年春天，我被公司任命为总经理特别助理，正是因为这一职位，扎扎实实地锻炼了我自己，使我完全了解并掌握了一个工厂所有部门的运转协调和严谨管理的模式，为日后自己创业奠定了坚固的基础。当然在此职位上，我更加坚定地努力拼命工作，根本不计较休息不休息，累与不累，甚至春节年三十和大年初一，我仍在工厂，在生产线通宵达旦地陪同我们这帮辛勤的打工仔，打工妹。你说我真不觉得累，那一定是假的，只是越累越苦，我反而觉得越踏实，对我的未来越有信心，越有动力。

也许人生往往就是这样，当你穷困潦倒，一事无成时，爱情总会与你失之交臂，可当你的人生开始弯道超车，快驶入正道时，爱情的雨露总会把你滋润，情感的河流总会缓缓向你流淌，但一切发生得总是那么快，同时也是那么的短暂，还没等得及温柔，我的信念告诉我，你心中的未来，心中的理想，这一切还是未知数，你现在怎能如此荒废呢？所以只能作罢，无论她是多么漂亮多么清纯温柔，我还是选择了自己的梦想。

2003 年春节，深圳雄之峰电子有限公司迎来了她的三周岁生日，此时公司员工已近 130 人。这一年公司特别组织了一个春节联欢晚会，专门奖励表彰了为公司兢兢业业、不辞辛劳日夜加班的员工干部。这个晚上，我激情高昂，激动高兴之时，潸然泪下。企业要兴旺，就要让职工把企业当成自己的家，而要员工把企业当成自己的家，首先领导要把员工当成家人来看待。身为总经理一定要以身作则，将心比心。你是怎样的老板，职工心里透亮着呢。

“我们太不容易了，从一个 7 人的小加工作坊，三年时间发展为今天的规模，我是真心地感谢你们。谢谢你们，没有你们哪有大家这个集体团队，哪有现在的雄之峰，哪有我们的热血沸腾？没有你们的辛勤付出，雄之峰什么都不是，我说不定比你们还差。我们有多少个日夜忙碌于生产线，加班赶货出货，又有多少个节假日没能让你们休息、让你们与亲人朋友团聚。”我说着，向工厂全体同仁深深地鞠了一躬。同时又联想到自己，工人虽然在一线劳动，但我也从来没有让他们失望过。

2002 年深圳雄之峰工厂全家福

子曰：“其身正，不令而行；其身不正，虽令不从。”作为公司的管理者，若能以身作则，不用下命令，员工也自然会行动起来，企业也会发展得更好；反之，若管理者自身不端正，即使是对底下的人三令五申，也很难让他们服从。一个优秀的管理者必须做好表率，以身作则才能令行禁止。每天他们上班时，我就已在办公室了；工厂每天加班时，我也在外奔波应酬，争取订单；在工厂时，我陪着他们一起工作。不知道有多少个凌晨，我应酬客户回厂时，眼睛实在睁不开，车根本就开不了，就将车停在 107 国道旁，锁上车门便直接睡了，等到天亮我再回工厂，回到工厂又一头扎进办公室，这样周而复始地工作、操劳，根本不知疲倦为何物。

但毕竟身体不是钢铁，正因为几乎每天都是不分白天黑夜地忙碌，更谈不上周末、法定节假日了，我在那两年得了偏头痛，几乎每周都要去打吊瓶挂水，否则根本支撑不住、做不了事。一想到工厂每天开门，衣食住行一百多人的生活，柴米油盐之开销，就会觉得有一块石头压在头顶，压力山大。再一想，工厂一旦停工，破产倒闭，这一百多人的身家全系在我一人身上，我不拼还能有谁?

⑫

第五章 飞来横祸 苦度难关

"滴玲玲，滴玲玲"，我拿起手机："你好，陈先生，我现到了深圳黄田机场，刚把你姓李的客户接到了。"陈先生是中东一客户，他向我们订了一批电脑音箱。"好的，好的，我马上去。"2003年6月的一个下午，天空晴朗，太阳正在烤着大地，我接完电话匆忙下楼，将工厂的江西五十铃开了出去。当时工厂已购置了一辆两厢夏利的小轿车和一台江西五十铃货车，小车由司机早上开去广州送客户了。

"砰"，一声巨大的撞击声，让我的身体颤抖了一下。为了赶时间，我出工业区大门时本应先右转，再掉头往深圳机场方向，但在左方向不足二十米处有一缺口，如果逆行二十米的距离再右转后直接前往机场。不料我刚左转逆行不到两米，吃惊地看到一辆摩托车，摩托车后座还载着一人，这是在工业区大门的路口

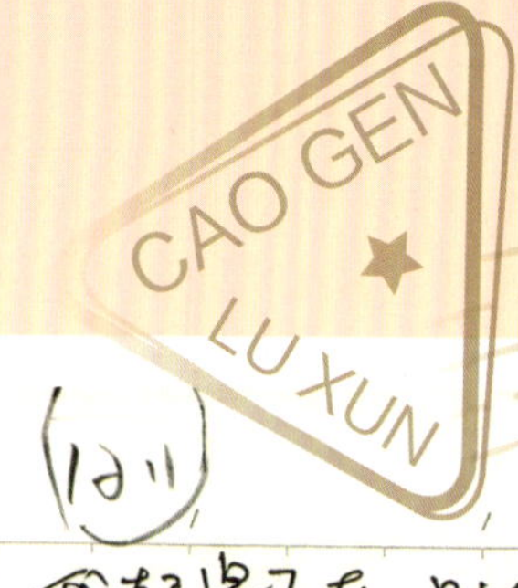

(1211)

撞穿的，这下可惹出大麻烦了。我赶紧下车，只见摩托车司机已经不省人事了，后面一辆乘客躺在地下发出微弱的呻吟声。我随即拨打报警及120急救电话。一切事情太突然，太意外，都发生在一瞬间。

这件事故……一级一级上报，当晚接待两边家属。意外交通事故，第二天便交给了定安交警大队。可如何与双方家属及受伤家属讨论赔偿金、抚恤金等。直到第三天，由交警大队出面，我与他们双方家属签署了赔偿协议，总计赔偿两边家属共计70万元人民币，且限当月一周内付清。我的天啊，我往哪去找呀，这么大的数目？70万元现金在当时对于我来说也是一个不小的数目，当然了我有一班朋友，但我们生活拮据了。一年里是我最拮据及艰难的

第六章　飞来横祸，步履维艰

人生总有不如意的时候，也会遭遇灰暗的处境，更有太多无法预期的困难。那些绝望的挣扎，常常让我们无奈地放弃了对生活的追求，那些无法触及的希望，常常让我们陷入了更大的绝望中，那些砸在身上的委屈和不平，常常让我们愤懑难抑，却无力改变！所以，我们总是在希望与失望、得到和失去中纠结、痛苦、甚至绝望。

在一个兵荒马乱的年月，一个生意人在翻越一座山时不幸遇到了一名山匪，他立刻转身就跑，眼见前方无路可逃了，他看到路边有一个山洞，便匆忙躲了进去，而山匪也紧跟其后进了山洞。结果，在山洞的深处，他在黑暗中被山匪逮住了，不仅被毒打了一顿，而且随身携带的钱财和一支在夜间照明用的火把，也被洗劫一空。

幸运的是，抢了他东西的山匪并没有杀害他，两个人各自探寻山洞的出口。这个山洞漆黑无比，而且洞内还有洞，地形复杂，两个人在洞内摸索，就像身处一个庞大的地下迷宫。山匪拿着从生意人那里抢来的火把，借着光亮顺利地在洞中行走，他可以清楚地看到脚下的石头，还有周围的环境，所以逃脱了被石块绊倒或者碰壁的危险，然而他走来走去却始终无法走出这个山洞，最终累死在了山洞里。那个生意人在失去了火把后，在伸手不见五指的山洞里行动变得十分艰难，他不时地被石块绊倒，还会碰壁，不一会儿就变得鼻青脸肿，但也正因为他身处黑暗中，所以对光亮甚是敏感，他终于敏锐地察觉到从洞口透进来的微弱的光，从而逃离了山洞。

在生命的逆境中，成功摆脱黑暗的关键并不在于是否拥有火把，而在于人的信念和心态，无论前方的风景如何，只要我们不轻易绝望，不轻言放弃，用坚定和希望支撑自己再多走那么几步，就有机会走出阴霾。

2003年6月，工厂的发展遇上了瓶颈，产品质量出现了严重的问题，一个外商要退货，提着一个20尺货柜的产品，是一批电脑机箱、音响及硬盘，问题出现在硬盘上，客户在检测时数据读不出，可能是扇区出现了问题，因此而要求整柜退货，当时我心急如焚，在办公室气得是恨不得将生产线全部毁掉，因为工厂等着这个货柜的货款来支付厂商的货款，且马上又要采购一批原材料，否则工厂就面临瘫痪。

事情已然发生，必须要马上想办法解决，生气懊恼已无济于事，我冷静下来，拨通了浙江贸易公司周老板电话，此批订单是为他们生产而出口中东的货，经过死缠烂打、磨破嘴皮子，最后客户同意先收这批货，但货款只能支付七成。这对于当时工厂现状来讲，总算也是根救命稻草，至少有款收，可解眼前的困境，为日后再发展创造了机会。

逆势前行，人在发展事业时，一定会碰上这样或那样的困境和难题，甚至是毁灭性的灾难，关键看你是否坚持前行，以及如何选择正确而有利的那条路，当你发现这条路走错了，你就比别人多知道一条路是怎么走的，就有了前进中的经验，然后不断经历、不断经历不断累积，你人生的见识以及种种的经验就更丰富了。这样，你才有可能达到最终的目标。

但凡最终成功者，他的人生一定不是一帆风顺，务必要能经得起磨炼，经得起九九八十一回唐僧取经的挫折和毅力，如在逆境中成长起来的典型代表张海迪，她用顽强的毅力战胜了病魔，用生命唱出了人生的真谛，她在重大挫折后重塑了自己的人生价值。

“滴铃铃、滴铃铃”我拿起手机。“你好，唐先生，我现到深圳宝安机场了，麻烦你过来接一下我们。”原来是中东的一个客户，此次他们在我们工厂订了一批电脑音响。作为一个一百来人的工厂，在深圳关外像我这样的电子厂有上百家，许多工厂将客户群瞄准香港、台湾以及东南亚，但自从参加了两届广交会，即中国（广州）进出口商品交易会后，经常有中东客户向我们下单采购电脑音响、鼠标或答录机。人的视野要宽阔，不能只盯着一个点，当我们局限在一个圈里时，可能会失去更多的机会，要想在日益激烈的市场竞争中谋求经济利益，取得持续性的竞争优势，必须拓宽自己的客户群，中东的客户一般发货后会及时支付货款，抓住这个客户群工厂的效益就能赶超同行，就可稳稳地屹立于电子行业中。

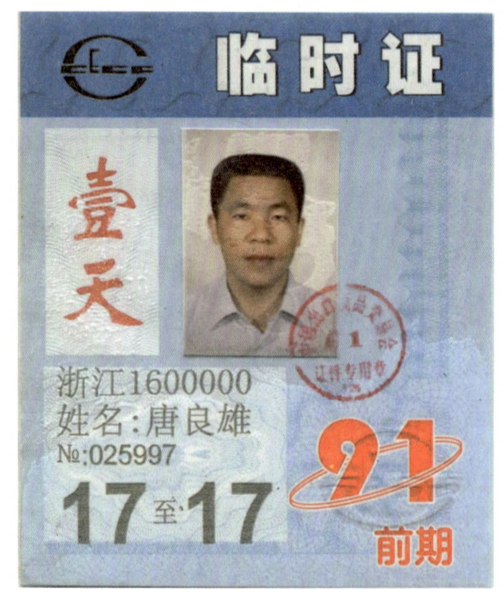

以浙江外贸公司名义参加第 91 届中国（广州）进出口商品交易会

“好的，好的，我马上过来。” 2003 年 6 月的一个下午，天气晴朗，太阳炙烤着大地。接完电话，我匆忙下楼。当时工厂为了方便招待客户和送货，购置了一辆别克小轿车和一台江西五十铃货车。这个客户很重要，通过他可进一步拓展中东市场，我得把握住这难得的机会，于是开着货车便出门，因为小车早上已派去广州送客户。

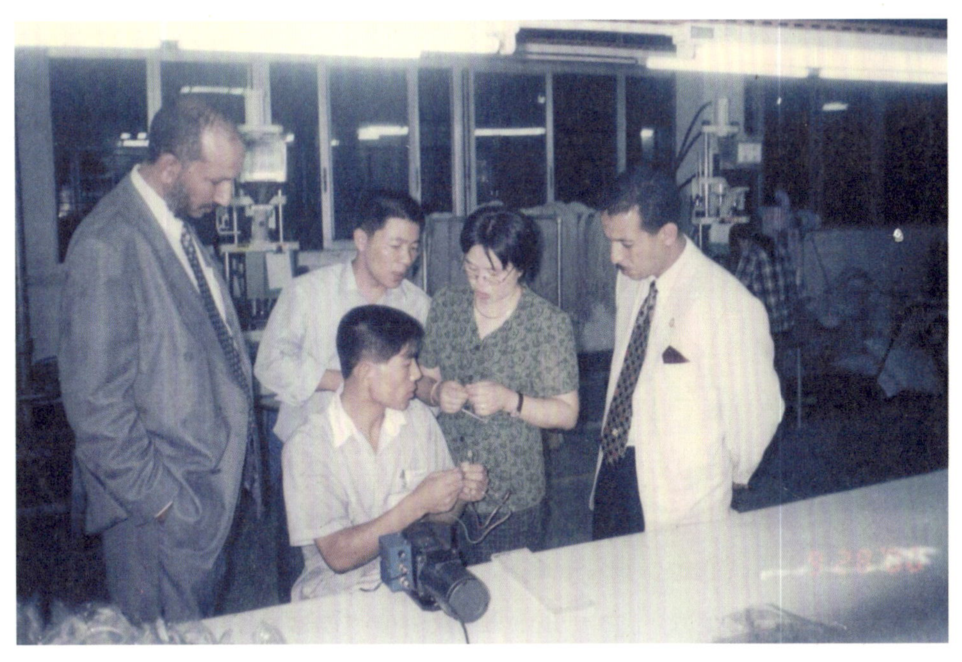

2001 年，夏夜中东客户来工厂参观并定制一批电脑连接线

砰！一声巨大的撞击声，让我的车嘎吱而停。为了赶时间，我出工业区大门时应先右转，再掉头往深圳机场方向，但往左方向不足二十米处有一缺口，即逆行二十米就可以再右转后直接前往机场。为了赶时间，我抱着侥幸心理想着这个时间路上没什么车，应该不要紧吧，不巧我刚左转逆行不到十米，主干道驶过来一辆摩托车，且车后搭乘一人，摩托车一看就是在工业区专门跑摩的拉客的，他们从外地来此谋生。这下可惹上大麻烦了，我赶紧下车，只见摩托车司机已不省人事，后面的乘客躺在地上发出微弱的呻吟声，我随即拨打交警 122 及 120 急救电话，一切来得太突然，事故发生就在一瞬间，太意外了。

遵守交通规则是每个公民应尽的义务，无论是行人还是机动车，行为不规范只会害人害己，为了图方便、省时间，一次逆行，一次侥幸心理，当活生生的生命在我眼前倒下的时候，才悔不当初……

无论是在工作还是生活中，我们都不要抱着任何侥幸心理去做事，每当做一些破坏规则的事情时，总觉得倒霉的结果不会发生在自己身上，结果你发现事情不会因为你的侥幸心理而不发生，你永远不知道下一秒会发生什么。也许你这一次闯红灯成功穿过了马路、这一次逆行顺利缩短路程了，但你永远不会知道下一次是否还能安全到达，是否会有人因为你的侥幸发生不可挽回的悲剧，况且侥幸之后需要承担的后果可能会更严重。我们所能够做的就是认真、严谨地对待每件事情。任何事情都是有因才有果的，我们的每一步、每一个动作都可能会对后来的结果产生影响。

事情已经发生了，追悔已经来不及了，我能做的就是承担起事件的后果，对事件中的死伤者负责，对他们的家属负责。我的脸火辣辣地发烧，一肚子的懊悔不知从何说起，什么样的话语都代替不了我的愧疚之情。无论他们提出什么要求，我都得答应、都得尽力弥补。

这次意外交通事故，一死一重伤，当晚接待两边家属忙碌了近一个通宵，第二天9点便去了宝安交警大队，开始与死者家属及伤者家属讨论赔偿金、抚恤金等问题。直到第三天，由交警大队出面，我与双方家属签署了赔偿协议，赔偿两边家属共计70万元人民币，限期一周内付清。一个人做错事并不可怕，可怕的是你没有胆量去承认、去弥补，给家属支付赔偿金是我唯一能做的。

我回到工厂，瘫坐在椅子上，心头乌云密布，愁眉紧锁，这怎么办呢？70万元现金在当时对于我来讲也是不小的数目。虽然工厂有一百来号人，但我们是线材加工厂，一条键盘线或鼠标线及电脑主机线，平均一条也就卖3元钱左右；平均每个工人每天三班倒生产，一月产值也就一百万元左右，工厂毛利在30万元左右。但无论如何我也得想办法解决，否则无法向死者家属和伤者家属交代。

首先，我卖掉了才买一年多的别克车，车子总价35万元左右，记得卖了16万元；然后，找客户商谈，让他们提前支付工厂还未结算的货款。为了筹到现款，有的客户借机要求按6折甚至5折支付我们的货款，但没办法，只能接受，否则法律无情，工厂更是会因为我的过失而一日不得安宁，甚至倒闭。就这样东拼西凑，终于在一周内筹集到了70万元现金，损失就无心计较了。记得那天是周五，早上9点我和公司的几个人提着70万元现金，来到宝安交警大队事故处理科，等到双方家属代表到场，便当场签字按手印交钱，终于在上午11点左右全部办完，我长长地吐了口气，深深地又呼吸了一下。我想事情应该告一段落了，可就在我准备和公司其他人一起离去，还头痛地想着后面再怎样多抓客户订单，抓紧弥补损失时，一个声音叫住了我。“唐先生，你来我办公室，还有个手续要办。”听完交警的话我便随他进了事故处理科。

“手机交出来，你还得收监，要走法律程序。”

“你不是说只要我们处理好善后的一切事情，协议赔偿到位，就可以了吗？”我辩解着，但没有人回答，只有冰凉的手铐卡住了我的双手。

“那允许我打个电话，交待一下工厂的事，行吗？”

“不行，你公司的人在这里，你交待下就跟我们走。”交警公事公办的态度让我无可奈何，此时已无回天之力，我只好镇静下来，淡定地跟公司随同的人简单交待了几句，接着便上了他们的警车。

这下该怎么办呢？我筹借的这些钱，很多都是客户的应收款，计划收来后要支付厂商的货款，还有员工的薪水福利等，只要我在工厂，那一切总有解决的办法，但此时此刻该如何是好？工厂一百来号人怎么办？厂商的材料不及时交付工厂怎么生产？我的脑袋一片空白，就像飞机轰炸一般已凌乱不堪。我双手被铐着，坐在由警察看守的一边，沉思苦想，虽然最近觉没睡好，吃饭几乎也是每天将就一次，且今天从早上出门到戴上手铐，没吃任何东西、没喝一口水，但此时哪里还知道饥饿与口渴呢？

“下车，下车。”随着警员的呼叫声，我下了车，映入眼帘的是深圳南头看守所，从宝安交警大队到这里路程并不太远，几乎是瞬间即到。我表面很坦然，其实内心很复杂，脑袋里一片混乱，无论我怎样绞尽脑汁地想，终究没想出任何办法，毫无头绪，脑袋里全是工厂、机器轰鸣声，工人加班加点的身影和领到薪水时那一脸的喜悦；厂商催要货款的凶神恶煞以及和客户觥筹交错、斗智斗勇的景象在我脑海里不停地回放着。那时的我万念俱灰，几乎已经绝望了。从 1991 年 6 月南下打工，到 1999 年 12 月组建工厂至今已走过了这艰辛的十二年，难道到今天所有的一切都要结束了吗？不可以，绝对不可以，我怎么能就这样一败涂地呢？

我的身上背负着家乡亲人的期望，承载着上百工人的生活希望，我不能倒下！不管多么艰难，我相信这个世界上一定有很多人比我更艰难，我没有理由自暴自弃。有时只有恶劣的境遇才能迫使我们直面令人痛苦的蜕变过程，每个人都像上帝脚边的一块石料，当你要在某一领域成就什么的时候，上帝会看见，他会在你的前行路上摆放一堆你必须要历经的苦难。

“行到水穷处，坐看云起时”，水总有穷处，这时人应当如何自处？有得走就走，沿河走到尽头了，那就坐下看云，顺势而为。不因为外界的变化而动摇，无论是顺水而来，还是水穷而看云。被关押几天已不可避免，那就当给繁忙的工作放个假吧，这样想着我的心慢慢平静下来了。

“将衣服全部脱掉，检查身体。”一阵严厉的声音将我从思绪中拉回。

“哦，好的。”我心平气和地应道。我打算尽快找律师，毕竟交通事故处理科的所有要求，我都已经完全做到了，且这的确纯属意外交通事故，不应有太大的问题，我必须用法律来维护自己的权益，解决眼前的困境。检查完毕后，随同的交警便和看守所的狱警办了个移交手续，至此我算是真正的犯人了，而交警的工作便暂告一段落。

过了三天后，工厂为我请的律师约见了我，找我了解当时车祸的一些细节，以及赔偿情况，然后要我签了几个字，便离开了。

监狱的伙食基本上每天就是水煮青菜，哪怕是多一点青菜和水汤也好，但就是不够。时隔十年，我又体会到那种饥肠辘辘的感觉，那是我的童年甚至年少时的境况。在监狱无事可做，只能每天盯着时间的分秒变化，直到晚上 8 点后才能安下心来，因为到了这时，我才能确定今天是否可以出去。

又过了四天，律师过来了，我终于被取保候审了。我换上一周前的衣服走出了看守所的大门，蓬头垢面、胡子拉碴的我，出监狱的时候努力地睁大眼睛，环顾四周，迎接着自由和光明。我使劲张大嘴巴，用吃奶的劲深深地对着天空呼气吐气，瞬间觉得一切一切又变得非常非常地美好了，我畅想着我的未来又将会是无比的灿烂辉煌，我信心满满地开始期许未来。

正当我畅想未来时，我人生中让我最为悲痛欲绝，痛心疾首的事又发生了。真是幸运不连天，不幸天天连。

“喂，姆妈，我老五，您在忙什么呢？”我出狱后给家里挂了个电话（电话是我创业时为母亲装的），两年来，我第一次记起给母亲打个电话。“没忙什么，老五啊，你在哪啊？现在还好撒？”母亲在那端关心地说。

不知是上帝的安排，是老天的捉弄，还是对我的报复，这次电话竟成了我与母亲的永别，这是我平生第一次也是最后一次打电话问候母亲。这年 9 月，母亲带着一生勤劳清贫与俭朴厚道，因病含泪离开了人世，永远地离开了她的子孙。记得听到此消息时，我在前往云南昆明的绿皮火车上，当时我真的很心痛，忍不住在车厢连接处失声痛哭，近乎呼天抢地而无视旁人。同时深深地忏悔和自责，心痛的是，母亲临走之前，还在问我“老五怎还没回来？”而我却没能为她做半点事，尽到半点孝，甚至在她离开前，我都不在她身边；后悔的是，母亲在世的时候，我几乎没抽空去看她，去多陪伴她，甚至连电话也根本不打；自责的是，小时候我不该惹她生气，不该不听她的话，多下地干农活（我小时候比较懒，她每次叫我下农田干活时，我总会推三阻四，找各种理由搪塞，而根本不顾母亲的劳累与沉重的生活和家务负担），没帮她分担家务，让她太过辛劳而以致积劳成疾。每次想到这些，往事点点滴滴会像放电影一样，历历在目，让我泪眼模糊，伤心难过而无法原谅自己……

十年后（2013 年），父亲也因病离开了我们，当我听到父亲去世的消息时，我竟没有眼泪、没有表面的悲伤，只知道赶紧回老家，回去送父亲最后一程。人说父爱如山，父亲背负的是一个家庭其他任何人都无法承受和替代的责任和压力，父亲的伟岸之处也正是如此，其实父亲在我人生的里程中留下了很深很深的印象。记得我上小学的一个夏天，我感冒发烧很厉害，母亲下田农忙去了，父亲亲自下厨，为我做了一碗冬瓜汤，煎了一碗豆腐，非常好吃，我吃的很香，以至忘记了自己是感冒之人。那是我从小到大至父亲离世，第一次见他下厨，也是唯一一次为我做的饭菜，当时我很感动，同时也觉得好奇，原来父亲也是刚中有柔的。所以每当提及父亲，我总认为他作为一个男人，为我们这个大家庭已肩负得太重太重了。在那个年代，每个家庭子女都比较多，所以负担都很重，一般都不会让他们的子女上学读书，哪怕是上个小学。而我的父亲让我们七兄妹都上学，甚至有几个都上了高中。他的付出已经够男人了，只可惜，我没回报他太多。

“树欲静而风不止，子欲养而亲不待”，为了生活，为了事业，我们可能是如履薄冰，无法陪伴父母左右，似乎别无选择，但我还是希望大家能偶尔放下手中的一切，去家乡看看父母，陪他们聊聊天，说说话，多给他们一点关爱，让他们觉得不再孤单，千万不要像我一样留下子欲养而亲已不待的遗憾。

2003 年，这注定是个艰辛难忘的一年，是个痛苦伤心的一年，是水深火热的一年，简直是个地狱魔鬼般的一年。这一年我失去了一段自由，失去了事业，失去了最亲爱的母亲，但唯一值得庆幸的是，正是这些不幸之事，反而让我变得幸运，我总算还没失去自己，还没丢失一颗火热创业之心。

著名小说家契诃夫曾说：“如果火柴在你的口袋里燃烧起来，那你应当感到高兴才是，多亏你的口袋不是火药桶。”漫漫人生路上我们会经历各种境遇，有好有坏，遇到好事，我们会心一笑；遇到难事，我们也不要抱怨，一切都是暂时的，一切终会过去。

我母亲去世五年后，
我们兄妹七人和父亲（最右边）的合影

《致天堂的父母亲》

夜已深沉

万物寂静

时针又已指向凌晨

迎来了伟大的母亲节

我遥望星空

那浩瀚的星辰里

没有平日闪烁的星光

只有微弱的光芒

今天，她们让泪模糊了双眼

那是激动的眼泪

因为，她们知道

这一天，她们的子女

在无尽地思念着她们

在深情地呼唤着她们

慈祥的母亲

负重的父亲

您离开我们已很久了

但无论我们走到哪儿

都能感受到您的爱

都能想起您

儿时的唠叨与叮咛

都能体会到

您的勤劳质朴和艰辛

如今，我

年过半百天命之年

而您，却

依然一直陪伴我左右

伴我走遍天涯和海角

因为您似乎从未离去

谢谢您

亲爱的母亲！

谢谢您，

负重的父亲

愿你们在天堂

不再贫穷不再劳累

——2019 年 5 月 12 日凌晨

第五章 南京求学

如此年春节过后，二月，亲戚好友还没过完年，我们说在南京江南水师学堂的同乡说，“他是我的族叔，在那里待遇也不错，他说江南水师学堂里头待遇还不错，你去考考吧”，就这样把我的心思说动了。

那时我手上资金还有点宽余，所以决定前往南京去考察一下。

三月的江南，正是令人心旷神怡的季节，古往今来，许多的文人墨客和才子佳人，总会在此时节下江南，尤其怀念古刹佛寺，浏览胜迹，我也带着这种好奇，带着这种情结，同时更想探究是否能再成就一番事业之心态。我和叔叔来到了南京，准备考察完毕后，再去[illegible]江南水乡值得去纪念一番。

进入南京城，一股浓郁的历史味扑面而来。南京是六朝古都（三国至隋朝），历史韵味实足，它给予了世界文化历史经典与文化意义。"六朝如梦鸟空啼"的梦幻与忧伤令漠然的词调，给一些去由她。

学会最不能忘，必须永远牢记耻辱的历史："1937年的南京大屠杀"。这段历史永远激励和推动着南京人民、中国人民前进，永远不忘国耻。用实际行动牢记历史！用实际行动来强大自己的祖国和家园。

经过几天的考察，了解了南京秦淮河夫子庙、南京玄武湖和南京总统府等。随后又去了南京了解当地的企业生产和组件的钢铁设备等。

第七章　再创业　节外生枝

生活总是这样，有快乐也有烦恼，有希望又会在不经意间叫你失望，不会让人处处满意，但我们还是要满怀热情地生活。人生在世，值得我们在乎的东西实在太多，不要因为某些不如意的人和事就垂头丧气。生活中的苦涩，让人失望流泪，漫漫岁月的辛苦挣扎，催人衰老，要想成就一番事业，没有百折不挠的意志，很难应对各种磨难。

莎士比亚曾安慰一个失去父母的少年，他满怀深情地说："你是多么幸运的一个孩子！你拥有了不幸。"这个才失去父母的孩子当时正处在人生中最悲惨的境地，孤苦无依，他用怀疑的目光看着这个被世人尊崇的艺术大师，心里根本无法理解这句话的奥义。莎士比亚爱抚地摸着他的头说："不幸是对人最好的磨炼，是人生不可缺少的经历，因为你清楚地知道失去父母之后，一切就只能靠你自己了。"

这个孩子似乎悟到了些什么，40 年后，这个孩子成了英国顶尖学府剑桥大学的校长，他就是世界著名的物理学家杰克 · 詹姆士。

让我们坦然接受自己的成功与失败，调适自己所扮演的角色，既不洋洋自得于顺境，亦不沉湎于哀伤的逆境，而要做到这一点并不是件容易的事情。当我们面对人生时，总是携带着快乐和痛苦，悲哀与幸福，而成熟是岁月的标记也是心灵的刻痕，当你回首你走过的人生路，你就会发现曾经所受的创伤也能变成一种成熟，而成熟是一种洗尽铅华的美。

2004 年，我在老家过春节。“老五，来我跟你介绍下。”我们唐氏家族老长辈跟我说，“他是小张，他南京业务做得不错，主要是一些销售零部件的业务，业务能力很强，目前手上有些汽车配件订单，只要你投资，你们可以一起赚钱。”就这样，我和小张相互认识了。那时候我手上资金还有些宽余，加上我闲不住，一是人闲不住，多休息两天，就觉得人白活了，如同行尸走肉；二是手上钱闲不住，我觉得手上有钱不投资做点什么，形同于浪费，觉得那根本不是自己的钱，所以决定前往南京去考察一下。

三月的江南，总是让人浮想联翩，“江南好，风景旧曾谙。日出江花红胜火，春来江水绿如蓝。能不忆江南？”古往今来，多少文人墨客、才子佳人总会在此时下江南，去欣赏、去创作、去找寻浪漫。我也带着这种渴望，带着这种情绪，同时更带着探究是否能再成就一番事业的心态，和小张来到了南京。我计划着去南京考察完后，再去江南水乡扬州领略一番江南风光。

进入南京城，一股浓浓的历史气息扑面而来，南京是六朝古都。只不过“南朝四百八十寺，多少楼台烟雨中”，到唐代时就荒芜了。十里秦淮，繁华一梦，终抵不过似水流年。当然最不能忘的，是要永远牢记雪耻的历史——1937 年 12 月 13 日之“南京大屠杀”。我们铭记南京大屠杀，并不只是要铭记南京大屠杀本身，而是要铭记那延续百多年的中华民族遭受屈辱的历史，铭记不要沦落到任人宰割的境地，或者说不能让自己的命运操纵在别人的手中。这段历史永远激励和推动着南京人以及全中国人民奋发图强，用实际行动来强大自己的祖国。

做任何事都有风险，创业更是如此，更何况是之前未曾接触过的领域。这不是注册登记一家公司或者开个门店卖商品那么简单，它是一个过程，涉及产品、投资、客户、生产回报等方方面面。经过几天的考察，走访、了解了南京春兰汽车制造厂、南京重型汽车制造厂和南京富力汽车车厢制造厂等，随后又去河南了解了生产制造五金配件的锻压设备等。一切进行得还算顺利，我估摸着在南京成立一家五金制品公司，业务市场应该还可以。就这样，南京三旭五金制品有限公司于 2004 年 6 月在南京雨花台区正式成立了，公司生产汽车配件及其他五金零部件，其设备主要是锻造设备，如冲床及大型液压机等切割机、剪板机、折弯机等。做汽配加工，涉及切割、锻造、电焊等，自然就会有很多安全隐患，所以安全生产是重中之重，必须防患于未然，但不管怎么防范，终究免不了一时的疏忽大意。

有一天晚上，我刚打开电视，一阵急促的电话铃声响起，“唐总，工人刚开冲床时不小心把手指压了”。“快送医院，我马上来！”说完我便开车前往车间。

被压到手指的打工妹由两个工人紧急送往雨花台区铁心桥医院，随之而来的当然又是陪护、仲裁、伤残鉴定及理赔等，出了安全事故，工人们做工的时候难免焦虑，这严重影响了工厂的生产士气，因为出了安全事故，其他人也就更胆战心惊了，工作中有心理阴影了。

怎么办呢？我辗转难眠了几个晚上，想着工人们担心的问题以及解决之策。一个企业存在的根本是员工，首先还是得让工人们放心，此事过后，我加强了对一线员工的培训，增强了他们的安全生产意识，避免类似的事情再发生。我也是从打工走出来的，深知底层员工的心理，只有保证了他们的利益，让他们觉得受到尊重，才能激发他们的积极性，让他们配合你的工作。除了让职工生活得好一点，我还不定期地组织他们出门游玩，如去南京紫金山徒步，欣赏山下南京城的风光；前往中山陵，拜谒孙中山先生；偶尔带他们聚聚餐，放松一下，给忙碌的工作解解压，员工们也感受到了公司对他们的尊重和爱护。在企业中，最重要的是人才，只有抓住人心，才能发掘出人才，和员工打成一片，用诚心去换取他们的忠心，让他们对企业产生强烈的归属感；同时让员工看到希望，对表现优异的员工给予鼓励，他们工作起来才有奔头，才会对自己的工作充满激情。就这样经过一段时间的调整，工厂一切又恢复了正常，工人们的工作士气空前上升，产品出货期及品质逐步提升，客户的好评也越来越多，企业的发展上了一个台阶。

有时限制我们走向成功的，并不是别人拴在我们身上的锁链，而是我们自己为自己设定的局限。思路决定出路，生活不是一条笔直的道路，很多时候我们需要转弯。五金制品所用的设备和工艺大同小异，既然生产的汽车配件属五金件，那扩张业务，生产其他的五金制品也是可行的。孔子曾对他的学生说：“举一隅，不以三隅反，则不复也。”深圳工厂的电子产品在各大城市的电脑市场设立了专柜，其实就是做个广告，不管你做什么，首先要让别人知道你是做这个事情的，知道的人越多越好，客户知道你是做这个事情的、卖这个东西的，他就会来找你，看样品、谈合作。同时市场业务员推销起来方便，于是决定依葫芦画瓢在南京弄一个专柜。经过几天的市场调研专访，最后我决定在南京珠江路电脑市场设一个柜台，做工厂产品直销并代理其他电子产品。经过一段时间的探索经营，慢慢地就接到了一些客户订单，如投影机吊架、自行车五金配件，甚至开始尝试生产电脑机箱外壳等。就这样，工厂就又陆续扩大生产，生产的产品从单一的汽车零部件发展成电脑及投影仪等周边的五金产品。为了更好开拓市场，塑造企业形象，2005 年公司在珠江路电脑市场租了间写字楼，成立电子营销公司，并派专门的市场营销人员参加一年一度的中国（广州）进出口商品交易会。

“这几天市场销售情况如何？”一天下午，我来到珠江路电脑市场柜台，问我们的销售员。

“最近还不错，尤其是投影机的一些吊架订单逐渐增多，还有石家庄，北京的客户找我们定制呢。”小李回答时，脸上洋溢着喜悦的笑容。

“那好啊，既然如此，我们何不在北京中关村电脑市场设立一个直销柜台呢？”本来是随口一说，结果我还真上劲了。小草要感受到世界的广阔，就必须要努力发芽，破土而出；而蝴蝶的美丽也是经过了一个艰难的过程——破茧成蝶。一个人要想成为人生的赢家，一家企业要想在激烈的市场竞争中获得一席之地，就是要敢于突破，及时反思自己、调整思路，只有这样，才能掀掉阻碍我们发展的天花板。几天后我便飞到北京去考察中关村电脑市场了，了解那里的市场行情、柜台租金及其他费用后，经反复权衡利弊，一个月后，我便在北京中关村租了一个电子产品销售柜台，开始主营电脑机箱及投影机吊架。

随着公司不断地发展壮大，业务份额也就必须不停地增加，不能断量，否则企业就危在旦夕了。美国康奈尔大学做过一个有名的实验——水煮青蛙。科研人员把青蛙放到装着 40℃水的容器中时，它们会因为无法承受突如其来的高温带来的刺激，迅速从水中跳出来。而当科研人员把青蛙先放入冷水中，然后慢慢地加热该容器，青蛙一开始会因舒适的水温在水中怡然自乐，当它发现水加热到自己无法忍受的时候，就已经有心无力了，再也跳不到之前那个高度了。刚开始青蛙跳进高温的水中会因为受到刺激产生危机感，正是这种危机感，使得它爆发出潜能，立即从热水里跳出逃生。而当青蛙在温水中享受时，危机悄悄地袭来，等它反应过来时，已经没有了反抗的能力，只能看着死神的到来干着急。做企业，不能像那只温水中的青蛙，只有时时刻刻都保持着会被淘汰的危机感，才有可能在变化多端的市场环境中生存下来，获得发展。最关键的是危机感还能够激发我们的潜力，让我们能绝处逢生从而创造出奇迹。

2006 年 3 月，一个偶然的机会，青岛重型汽车制造厂（简称“青岛重汽）这个大客户落入我的眼中，于是我想尽一切办法，通过关系了解到青岛重汽分管采购的赵厂长，为了拿到青岛重汽的订单，我绞尽脑汁，想尽一切办法，那时我几乎每月去两次青岛重汽，在厂门卫那守着这位赵厂长，期望他能见我一面，以便我当面向他汇报，让他面鉴我们的汽配产品。经过几个月的努力，我终于有幸拜会了这位位高权重（对我们工厂来说）的赵厂长。他个子不算高，但很健壮，四十来岁。

“你还是很执着啊。”他摘下黑边眼镜，调侃道，“听门卫说，你已找我好多次了，每个月都来。”

“是的，我就是想请您给我个机会，让我们厂为青岛重汽提供点服务。”我说着，便将公司的产品目录递了过去。他瞟了一眼，便随手扔在了办公室一边。

“赵厂长，您看能否考虑下，给我们一个机会？”我非常渴求地望着他，恳切地说。

“你先放着吧，等有机会再说。”他边说边示意我离开他的办公室。

“赵厂长，您看您能否给个电话我，您有空我再向您汇报，您看行吗？”听我这样几乎求情的语气，他给了我一个座机号码。我不敢再更多地奢求，想着总算有个电话了，现在再待在这无论怎么请求也无济于事，于是，我只好礼貌地告辞。

经过这几个月反复折腾、努力，赵厂长终于对我的态度有所好转，给我留了他的手机号，我欣喜若狂，心想这下终于可以跟他直接对话联系了。时间匆匆，这天早晨六点，我便匆匆赶往火车站，准备再去青岛，拜会我未来的大客户赵厂长，这一次他给了我几个五金配件，要求我报价、打样。我欣喜若狂，觉得这世界对我还算公平，功夫不负有心人，总算有机会了。

事情往往如此，当你对某件事、某个人抱的希望越大时，随之失望也会更大。又一天，我带着样品和报价，兴高采烈地登上了南京至青岛的列车，随着列车的呼啸，我在火车上做着成功的美梦。一切都安排得刚刚好，我分毫不差地准时赶到了青岛重汽的门口。

“先生您好，请帮我找下赵厂长，我今天是来送样品的。”我礼貌而客气地说。

“今天赵厂长不在，早上都没来。”门卫回答。我只好掏出手机和赵厂长联系，可赵厂长的手机无论怎么打也打不通，最后打通了但他总是不接，我想他肯定在忙，于是给他发了个信息说我已在厂门口等着。等待的时间是相当漫长且难熬的，不过也挺快，一晃就到了中午下班的时间，还不见赵厂长的人影，我只好继续联系，结果还是无人接听。怎么办呢？领导中午一般饭后要休息，我想着等到他们下午 2 点半上班时再问问吧。

这个时候的等待，显得格外漫长，让我焦躁不安，因为我下午还有事，得赶回南京，时针指向了下午 3 点，此时，电话终于接通了。

“赵厂长，您好，我现在在青岛重汽门口。”还没等我说完，只听一声近乎疯了的狂吼声音传来，“你在青岛，我他妈还在美国呢。”随即便是一串嘟嘟嘟电话挂断的声音，这结果犹如晴天霹雳，我只能打掉牙往肚子里咽，敢怒不敢言，我起了个大早等了他近一天，换来的却是这样的结果，我百思不得其解，这是怎么了？难道他真疯了吗？还是在逗我玩？我当时很想再打个电话狠狠地、痛快地数落他一顿，但一想到工厂，想到工厂需要业务、需要订单，想着还是留一线机会为上策，于是，强迫自己假装阿 Q，笑了笑，启程回南京。

古人云：人生不如意事十之八九。由此看来，一个人活着，很多时候，是在不如意状态中的，所以，我们要学会接受，甚至是忍受这些不如意的现实，为了生活，每个人都是职场上忍辱负重的勇士。也许是因我的坚韧和我的忍辱负重，这块最难啃的硬骨头总算铁树开花了。一段时间后，有一天，手机铃声响起，我一看显示的是青岛重汽的赵厂长，眼睛一亮，兴奋地接起了电话。

“唐经理，我这边有个订单，我想你们应该可以做，你明天过来吧。”

“好的。非常感谢，谢谢您，谢谢！”我连声应着，心里已是乐开了花，就这样我们便开始了友好愉快的合作，虽然后续一直没能接上什么大的订单，但至少证明了一点：凡事你只要坚持了，总不会后悔。

他人经受的，我一定要经受；别人没经历的，我也许也要经历。欲戴皇冠，必承其重；欲握玫瑰，必承其伤。

从古至今，成就大事的人大都是历经重重磨难而后自强不息脱颖而出的豪杰。当我们忍辱负重地前行时，就能更深切地体味到生活的不容易。

雨果说，世人最缺乏的是毅力，而非气力。事实上，我们做事很少能够立即产生立竿见影的效果，做业务必须要务实，要历经千辛万苦的磨练，经历千山万水的跋涉，更要有千变万化的谋略和思路，否则要想成就事业，简直是天方夜谭，即便是仅能维持公司发展，那也是南柯一梦，昙花一现。有志者，事竟成，破釜沉舟，百二秦关终属楚；苦心人，天不负，卧薪尝胆，三千越甲可吞吴。成功属于永不放弃的人。

这年冬天（2006 年）眼看快到圣诞节了，12 月 23 号安徽江淮汽车制造厂的采购中心主任一行二人来到南京考察，我真诚热情周到地接待安排，可以说是无微不至，体贴到家，虽然我的工厂很小，但正因如此，他们对我的态度也就有所升温。晚上天气很冷，觥筹交错之后，我们便各自先行休息。

第二天一大早，我准备去酒店陪他们吃早餐，不想一开门，整个大地已是白雪皑皑，到处银装素裹，很美、很壮观。上帝仿佛在迎合我的心情似的，外面虽天寒地冻，雪色连天，但我的心情特别美丽，心里火热如夏天。

“唐总啊，可能今天要麻烦你了。”刚一进酒店，采购中心主任便说。

“我们没订到车票，雪太大了，但今天必须要回去，因今天（24 号）是平安夜，我们工厂要欢度平安夜。”

“好说，好说，我送你们。”我不假思索地回应道。根本没想着考虑外面正飘着大雪，也没去想此时一般人都暖在被窝抑或空调房内，享受暖洋洋的时光，只知道眼前的人是我的阳光、是工厂的希望。

吃完早餐已是 8 点钟了，我们一行 3 人，我当司机，大家有说有笑地驱车前往合肥。

一路上到处白茫茫一片，将整个天空映衬得格外明亮，我精神抖擞，本着保证速度又平稳安全的宗旨，整个人像打鸡血似的，一点也不觉得累，因为有订单的动力，有订单支撑着强大的希望，时间过得似乎飞快，中途仅吃了个盒饭，估计停留不到半小时又马不停蹄地赶路了，我们于下午四点便到达了合肥江淮汽车制造厂，我便又出发从合肥返回南京，也不知怎么回事，从合肥至南京的路上，我竟然一路没停（除了加油之外），且精神状态空前绝佳，记得我回到南京工厂时，已是凌晨 1 点了。这一天，创造了我人生 37 年来最长开车时间，来回 16 小时；最长公里数，来回约 1200 公里；行车天气最差的历史性记录，这就是业务精神之动力所致。所以，人的潜力是可以爆发的，关键是看有什么可以推动它，可以引爆它。

福无双至，祸不单行。公司正在迈向一个更高里程碑的时候，逃不掉的法律制裁还是姗姗而来。2003 年在深圳发生的意外交通事故，因当时是取保候审出来的，中途交警一连几次催我收监候审，但由于我惧怕进看守所，同时也是抱着侥幸的心态，法律意识淡薄，以为已经和事故家属协商处理好了，应该不去也不会有问题了，其实当初若是去了，估计一个礼拜左右我的这个案子就会合法结案，但往往人生没有如果，也没有假设，命中注定一劫难逃。

2007 年 11 月 11 日，一个终生难忘的日子。这天我带家人参观了湖北历史博物馆，购买了一张晚上武昌至昆明的火车票，计划去昆明开拓市场。晚上 9 点左右，我背上行李包，带上两玻璃罐咸菜（一罐腌韭菜和一罐腌豆角，我特别喜欢吃这些，同时也是为了外出省钱），告别老婆儿子出门了。他们送我出门时，眼睛仿佛已湿润落泪，不知是预感不好，还是看我这样一年四季到处忙碌奔波而心疼、心酸。晚上 10 点，火车站开始进站检票。当等到我检票时，一警察说要核对我的身份，说估计只是我身份证有问题，要我跟他去铁路公安检查室核对，且在路上还不停安慰我说，没事的，就是核对下，马上你就可以走了。其实不必他那么宽慰我，也不必防着我逃跑，我知道该来的总会来，我心中已有数，知道是怎么回事了。就在那晚，我带着未检的火车票进了看守所。这张未检的火车票我一直保存着，让它作为我人生的航标，以免我再走错路。让它作为法律的警示牌，以免我忽视法律的神圣和威严，以及对法律的不尊重。

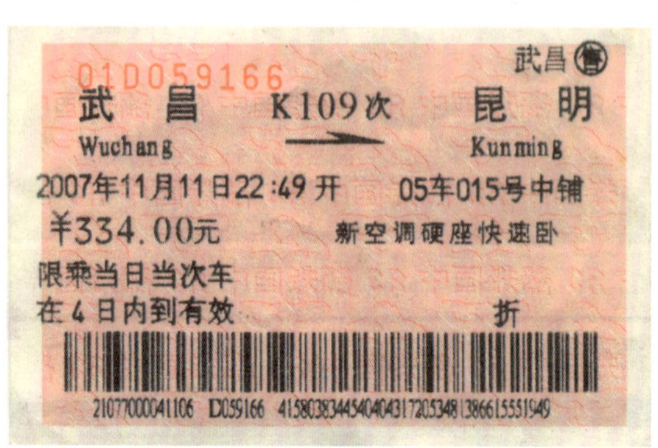
01D059166　武昌 售

武 昌　K109次　昆 明

Wuchang　→　Kunming

2007年11月11日22:49开　05车015号中铺

¥334.00元　新空调硬座快速卧

限乘当日当次车

在4日内到有效　折

21077000041106 D059166 41580383445404043172053481386615551949

11 月中旬，我因交通肇事罪被深圳市宝安交警大队提起公诉，移交至宝安第一看守所羁押候审。

在监狱的日子，真的是度日如年，刚开始我还每天想着工厂怎么办？我欠别人的钱，别人欠我的钱，怎么办？家里老婆儿子如何了？我的亲人朋友，身边的同事以及生意伙伴等，都会如何看待我？我何时可以出去呢？想想这些，头都快炸裂，恨不得撞墙以此来找到解决办法。

“手里呀捧着窝窝头，菜里没有一滴油，监狱里的生活是多么痛苦……”迟志强这狱中之歌所描述的情景，二十年后，没想到让我真真切切地体验到了。人生真的很讽刺，在你暗暗窃喜思量的时候，往往悲哀也会降临到你的头上。

在监狱里的日子，我每天都希望有奇迹发生，即有人来找我。“报告政府，能否问一下，我的律师什么时候来？我的案子何时可以审理宣判呢？”有一天，监狱管教来查房，我试着问了一下。“哦，你是那个出车祸的吧，应该快了，再等等吧，最近法院案子太多，忙不过来。”说完他就离开了，就这样我左盼右盼，一天又一天，一晃快一个月了，我彻底失去信心了，以为是出不去了，估计得判刑。既然如此，还不如死心算了，就在这混日子吧，混到哪天算哪天，于是再也没信心去奢望自由之身了。

外面的一切不去想、不去管了，想也没一点用，管也管不着，天该塌就塌吧。从此，我就每天开始规划自己的事，让自己忙起来，不想外面的任何事，如向监狱借书看、和狱友下棋、聊天等等，记得在里面拜读过池莉的作品《有了快感你就喊》，还有易中天的《品三国》等。从那时开始，我就有个模糊的想法，反正是出不去了，不如在里面写点什么，万一可以写成一本小说呢。这样想着，我还真就开始准备了，所以我在这个监室里被称作唐作家，虽然只是跟大家聊天时说了下我的想法，也提了下笔（当然以失败告终）。正因如此，我在里面得到了一些照顾和关爱，如他们加菜时（我从不加菜，因为卡上没人帮我充钱），总会分点给我吃，他们买零食时，总把我叫过去一起享用。

说起零食，在里面让我记忆犹新的事，就是苏打饼干（盐味的），因为每天二顿饭实在没油水，没营养，所以每到下午三点半左右，或晚上八点左右，肚子总是咕噜噜叫个不停，这时狱友总给我一两片苏打饼干，实在太少，每次都意犹未尽，又不敢再索要，只能盯着别人手上的饼干发呆，臆想自己还在吃，就这样我爱上了苏打饼干，直到现在我去超市买零食时，总会买几袋苏打饼干，且只挑盐味的，总是吃不厌，总是吃得津津有味，乐不思蜀。

“人生最大的悲剧莫过于失去自由”，但一旦自由限制了你的想象时，你再不去想它，那你也就自由了，我终于平静下来了，每天按部就班地劳动、背监规、望风、吃饭、喊口号和做操。似乎我已不在这个纷繁复杂的社会里，人生本就充斥着太多的诱惑，冲击着我们本就不够坚固的心理防线，真真假假、亦真亦幻让人难以分辨，而蜗居在这监狱中，一身孑然，日子过得简单，不必为生活烦恼。《菜根谭》讲道：“心安茅屋稳，性定菜根香。”它告诫世人若要身安稳，首先要心安定，心安定了，个性就定，个性安定了，身也就安稳了。如果身心都感觉安稳、沉静了，那么哪怕住茅屋也会感觉温暖，吃菜根也会感觉香甜。这段时间我仿佛不是在蹲监狱，而是隐居于世外桃源，生活在另外一个无忧无虑的星球上，反而有更多的时间思考人生。

“XXX 号，有人来探监。”（忘记了我是几号犯人，监狱叫人只呼代号）监室里的广播响了，叫着我。“有谁来找我？”我喃喃自语，因为一个月前我总是盼望有人来探视，用望眼欲穿来形容我的期待也不为过。可是我失望了，同时也失落得再不做任何美梦了。狱警带我到一个接待室，透过一个小小的窗口，原来是我的律师（方律师）和我老婆来了，我很惊喜但瞬间又很淡然了。

“你们怎么来了？”我问，“我的案子怎么样了？”

“我们正在想办法整理材料，准备提起诉讼。”方律师说，“依据法律，你肯定不会长时间坐牢的，交通事故致死亡的是要付刑事责任，但如纯属意外事故，且你积极配合处理，及时依法进行了赔偿，是可以判缓出狱的。”

“你在里面要服从管理，绝对要遵守监规，一切服从管教的安排，一定要忍耐，以免节外生枝啊。”他又强调说。

“好的，我会的，辛苦了，辛苦你们了啊，希望能尽快帮我办下。”我说着便挂了电话（犯人与家属等会面，只能隔着小窗口，且是两边拿起话筒讲话）。按理此次会面，我应很高兴，因为理论上是不会判刑的，但我还是认为我出不去了，以免希望越大，失望越大，所以我当时很平静，根本没有想过我会很快出狱。

一个月后，我被换到了另外一个监室，我想我更加出不去了，当时想着怕是要被送往劳改农场（劳改农场即表示要真正服刑做牢了），结果后来才知道是把交通事故的犯人集中到一起，方便管理。

有些事，它总会在你不经意时意外降临。正所谓：有心栽花花不开，无心插柳柳成荫。

2008 年 1 月 14 号晚上 8 点左右，我跟一个狱友正在象棋盘中激烈地厮杀搏斗着。“XXX 号，你可以出狱了，拿上你的行李物品。”所有人都惊呆了，这么晚还可以出去，不会吧？大家带着怀疑的眼光盯着我。“是不是搞错了。”我也纳闷地跟他们说着，但眼睛仍盯着棋盘，我还想下完这盘呢，我内心嘀咕着，和狱友又在棋局上厮杀起来。随之大家就各忙各的，真以为弄错了，因为正常状况，犯人出狱的时间一般最晚是晚上 7 点左右，如一天到了这个时候，没有出狱通知的，基本上都将希望寄托在第二天了。“哈哈，将军。”我高兴地叫道。对方正准备调兵遣将来解围，牢房门哐的一声被打开了。“XXX 号，广播通知你出狱，你怎么还没收拾东西？”狱警对我说。“啊，真的可出去了？”随后我说谢谢，同时疑惑地问道：“报告政府，请问我判的是什么结果？”“你是交通肇事罪，判两年缓刑三年执行。”听完狱警的回答，我开心地笑了。这时同室狱友走到我的跟前，和我拥抱，和我握手，为我高兴。纷纷说了些祝福之语，并让我记下他们家里的电话号码，有他们妻子的、子女的、父母的及兄弟朋友的等。他们希望我出去之后，能帮他们给家里打个电话报个平安。我看着他们渴求的眼神，以及他们和我说话时的温顺的语气，想想他们平日在狱中那种与世隔绝的冷漠，以及置身事外的人生态度，我瞬间感动了，感动得近乎舍不得，两眼泛红泪往下涌。平时大家好像没什么，到了分别的时候，人还真是有血有肉，且感情十分丰富细腻。我踏出牢房铁门那一瞬间，有几个人的眼泪也挂在了脸上……我走向铁门和他们挥手告别。（当然我出狱后，的确都跟他们家里一一打了电话，报了平安。）

深圳的冬天，相比武汉虽没那么冷，但其实晚上的气温也很低，这天晚上又刮起了风，所以格外地凉。晚上 10 点左右，我从牢房铁门出来，随着狱警去换衣服。“你从那一堆衣服里找几件合适的穿吧。”狱警指着一大堆乱七八糟的衣服说。这些都是像我当初进来时一样的犯人，在这里脱光后换上牢服而留下的。我随便翻找了下，还真没合适我穿的，最后找了条裤子、一件衬衣、一件夹克和一双凉拖鞋。几乎都是没有扣子的衣服，没有皮带的裤子，就这样，我穿着半敞着的衬衣，敞开的夹克，手提裤子（否则会掉下来），脚穿一双凉拖鞋，走出了监狱的大门。

刚一出门，我大哥便迎了上来，高兴地说道：“老五，哎呀，你终于出来了。”“大哥，你来了。”我高兴地打招呼，同来的还有方律师，“方律师，谢谢你啊，真是辛苦你了。”“没事没事，出来就好。”他说着。此时的夜晚一片漆黑，寒风呼呼地掀开我无扣的衣裳，一双赤裸的脚套在凉拖鞋内感觉冰凉刺骨，我缩了缩身子，裹紧衣服，离开了这个没有自由的大铁笼。法律面前人人平等，法律是神圣的，容不得任何人可以践踏。我从此会视之为人生铁律，再不会因此而游戏人生。

全世界的不如意，似乎全都一股脑地降临到我头上，容不得你喘息，正如一着不慎，满盘皆输，困难和挫折接踵而至。

回家不到三天，一天下午 6 点。从南京来了四个债主（带黑社会性质的）坐到了我家。因为两个多月不在工厂，工厂早已经乱成一锅粥，当然主要原因是欠人家的高利贷长时间没支付，尤其是当初为了扩大生产经营，在外面又借了一些民间贷款（这是我一生最大的决策错误，当时盲目扩大经营，死要面子，而带来了这个毁灭性的困境），所以工厂管理者也是巧妇难为无米之炊。

“唐总，你看你欠的钱如何办？”其中一个陈老大说，“今天要么还钱，要么你跟我们走。”陈总凶神恶煞地威胁道。

“陈总，我欠你们的钱，肯定会还，连本带利一分不少地会还给你，但你们不至于用这种方式吧。”我说，“只要你们给我时间，我春节后卖房子还你们。”

“不行，不还钱就跟我们走！”他们怒吼着。

“哎，走就走吧，我又不是赖你们的钱。”我心平气和地答道。我当时想再耗下去不是办法，主要是怕在家里闹起来，影响小孩和家人。

晚上 7 点半左右，我便被他们带到一辆车上，从武汉前往南京。

当晚到达南京的时间是凌晨 2 点左右。他们放出话来，欠他们钱不还的人是要断胳膊断腿来偿还的，但我当没听见，酣睡到天亮，因为当时实在太累了，再加上我根本不是不想还钱，而是打算回去后立马筹集钱款还上，不会赖他们的账，因而内心相对安稳。

第二天一早，他们见我毫不在乎的样子，对我说：“你为什么不怕，要你来你就来了。”

“我当然怕啊，但怕又能解决眼前的问题吗？你们只是要钱，我肯定是要还的，但眼前我的确没钱，只是希望你们给我点时间，而你们又不同意，你说我怕与不怕结局不是一样的吗？”我很坦然地说道。

“我服你了，唐总，我愿意交你这个硬气的朋友，够担当。”这样僵持了一小时左右，陈总说着，“那你说个时间吧。”“给我半年时间，如还不上钱再随你怎么处置都行，我无任何怨言。”我对着他肯定地回答。经过我们双方反复交涉，最终达成共识，并高兴地握手言和，希望大家都遵守诺言，最后他们还专门派车将我送到南京火车站。当然，我也信守承诺，春节一过便将武汉的住房卖了，归还了他们的钱，至此我们一家便临时租住于广埠屯七二二研究所一退休人员家里。

马克·鲍尔莱恩曾说："一个人成熟的标志之一，就是明白每天发生在自己身上的99%的事情，对于别人而言，根本毫无意义。"自己过得怎么样，只有自己清楚，跟别人说得再多最终也只能自己承担。人生不需要精神避难所，我们也没有必要和理由去逃避，因为人生终是自己的，重要的是我们一直存在着，也一直在前行。

第八章 命运转折，涅槃重生

"喂，是王东吗？我海波啊。"我接通了一个朋友(王军)的电话。"是啊，好久没你消息了，你到哪去了？"听他高兴地说着。"哦，一言难尽。我想求你办点事。"我说："可以啊，正好我重新加入了一个公司，很有前途，你来看看，飞东京横滨。"他当即回答应让我前往。

2008年4月初，我购买了一张从武汉至北京的再到东京羽田的大车票，前往东京横滨，去拜访

(14.1)

老朋友，去找老朋友寻求发展的机遇。

东莞的夏天似乎来得太早，春天还没有走远，这边已经是明媚，穿上了T恤衫。……晚上八点左右，火车抵达东莞火车站，毛平来到车站接上我，见面寒暄，问候，异常激动，同时给我的心里他们说话，说道：“这些，你看见是哈是什么？”毛平问道。“好久没吃东莞的烧鹅，真想吃”我说。“可以啊”，毛平，当晚他去他家里去，他夫人对他说着，东莞不错……一个高宾请年轻有绝的……毛平，是我1995年在东莞厚街打工时认识的好朋友的兄弟，他是……人，那时他是一家大型的……（东莞……）……纸厂……厂长。在当时我们大多数人打工的还是大学生，那些……最

第八章　命运转折　涅槃重生

有人说：“人生重要的不是所站的位置，而是所朝的方向，没有人生方向是可怕的。”然而，一个错误的人生方向，比没有方向更加可怕，所以，每个人的人生道路都应该有一个正确的方向，有了这个方向，就能找到希望，获得成功，看到生命中的彩虹。正确的方向能让我们事半功倍，而错误的方向则会让我们误入歧途，努力越多，错误越多。

汽车大王福特，小时候曾帮父亲在农场干活。父亲和身边的人都建议他以后在农场里做助手，但是福特坚信自己可以成为一名机械师。12 岁的时候，他开始设想有没有一种机器可以在路上运行，以代替牲口和人。之后，他用了仅仅一年的时间就完成了别人要花三年才能完成的机械师训练。接着，他又花了两年多的时间研究蒸汽机原理，想要实现自己的梦想，不过最终以失败告终。随后，他又转向研究汽油机，每天做梦都想着自己有一天可以制造出汽车来。终于，他得到了大发明家爱迪生的赏识，受邀担任工程师，10 年后，29 岁的福特终于成功制造出第一部汽车引擎。

福特的成功，正是因为他对自己的人生有着清晰而理智的规划。很多时候，真正阻挠我们成功的，是那种飘在半空的状态，没有规划，似无头苍蝇一般蒙头乱撞。所以，人在生活和创业时，必须要先有规划，然后才能行动。这不仅可以让我们牢牢地掌握人生的主动权，甚至可以帮助我们将危机转化为机遇。

“喂，是王总吗？我唐良雄。”我拨通了好朋友王平的电话。

“是你啊，好久没你消息了，你到哪去了？”他高兴地问着我的近况。

“唉，一言难尽，我想来你这看看。”我说。

“可以啊，正好我重新加入了一个公司，很有前途，你来看看，在东莞横沥。”他当即答应让我前往。

2008 年 4 月初，我购买了一张从武汉至广州再到东莞的火车票，前往东莞横沥去拜访老朋友，去找老朋友寻求发展的机遇。

东莞的夏天似乎来得太早，武汉的春天还没走远，这边已是阳光明媚，随处可见穿着短 T 恤的年轻人。早上 8 点左右，火车抵达东莞东站，王平夫妇到车站接上我。

见面寒暄时，我异常激动。同时内心对他们无比感激。

“良雄，你看早餐吃点什么？”王平问道。“好久没吃东莞的烧鹅濑粉了，真想吃。”我说。

“可以啊，王平，带他去那家老店去。”他夫人对他说着，车已加油门直奔而去。

王平，是我 1995 年在东莞厚街打工时认识的好朋友、亲如兄弟，也是我创业成长过程中的贵人、知己，更是一个务实谦卑儒雅的帅哥。他曾经是安徽芜湖的一名中学老师，只是因为前女友嫌弃他家里穷，看不起他是个“穷教书”的，于是他毅然辞职南下打拼，发誓今后要让那些看不起他的人重新认识他。结果他成功了，真的很成功！家庭更是幸福美满！他用智慧和努力兑现了曾经的誓言，用真诚和儒雅缔造了自己的人生观和价值观。他现在是民革党员，芜湖市政协委员，在家乡创建了一个摄影网站，成立了影像公司，自费举办艺术讲座及比赛，致力于推广摄影艺术，他一直在追梦的路上努力前行。

2015 年我与王平于重庆

一个人奋斗的真实意义不仅仅是为了赚钱，更是为了抚平内心的那份不甘心。那时他在东莞石碣一家拥有几千人的大型台资厂（东聚电子厂）任副厂长，厂长是台湾人。这在当时我们内地南下打工的百万大军里职位最高，这类职位一般是台湾人担任。当时我在东莞厚街富恩电子厂（也是台资企业）任职总经理特别助理，他们是我们最大的客户，我所在的公司主要为他们工厂加工生产手机充电器、电源线，原材料全由他们厂提供。工厂之间业务、生产质量及交货等配合协调工作由我们俩人对接，这样经过不断的业务交流往来，我们彼此都真诚相待，合作得相当愉快，为今后我们的联手创业和成为好兄弟好朋友奠定了实实在在的基础。

一天中午，天气非常炎热，我应邀去他们公司开会，是一个有关产品质量及生产交接会议。会议结束时，正好碰上饭点，我说请他吃个午饭，他不仅婉拒且还邀请我到他家小酌一杯。那天中午，我到访他东莞石碣的家，他夫人为我们炒了几个小菜，我们很开心，一人喝了一瓶啤酒。临别时，他老婆说："唐总啊，王平是从来不带人到我们家来吃饭的，你是第一人。"我当时听了，内心涌出一股莫名的感动，同时非常羡慕他们如此恩爱的幸福生活，这一幕时常出现在我脑海，感怀至今。

都是南下打拼的寻梦人，相似的经历让我们志同道合。岁寒知松柏，患难见真情。生活就像是一面镜子，照清了哪些人对你是真，哪些人对你是假。在你荣华富贵之时，你的身边不乏与你相交的人，但是这些人却不一定对你是真心真意的，有的人表面上对你坦诚相待，背地里却是个两面三刀的人，他与你相交，并不是欣赏你的为人，而是看中了你的利益，只是希望通过讨好你能谋得利益罢了。有的朋友表面冷，内心热，在平时他看似对你不看重，但是一旦你患难了，他却是第一个对你鼎力相助的，王平就是一个这样的朋友，在我人生陷入低谷的时候愿意拉我一把，可以说是我人生中的贵人。

吃完早餐，王总将他夫人送回家，便带我来到了广东明家科技股份有限公司，其前身为东莞市明家电子工业有限公司。这是一家高科技民营企业，专业生产防雷设备及高端电源插座等，工厂位于东莞横沥村头工业区，占地面积三十五亩，员工达六百多人，王平任职该公司总经理。

"周董，这是唐良雄。"王总向来到他办公室的周董介绍道。

"你好，唐总，早就听王总介绍过你，其实我们应该认识的，那时你们富恩厂向东聚王总这边配套手机充电器、电源线，我跟他们配套一些电子端子线。"

"哦，是这样啊，向周董学习，你目前发展得真好。"我跟他握手的同时视线转向王总。

"是这样，当初我在东聚时，记得有次你们俩在一个会议桌上呢，"王总笑着说，"那次产品质量会议，台湾总部来人，召集各配套厂商开会。"

"这真是缘分啊，一晃 13 年了（那时是 1995 年），我们应该要成就一番事业，共同谋划美好的未来了。"周董很高兴，兴致勃勃地说。

“周董，唐总这次过来正有此意，我们大家可以一起努力、共同发展，打造一个东莞传奇。”

“好啊，欢迎欢迎，我求之不得呢，公司目前正准备筹划上市，计划上创业板，这个板块是国务院刚批复的，2009 年 10 月正式挂牌成立，这是个绝好的机会。所以正需要你们这些兄弟的力量，我跑外面，王总坐镇指挥，你们兄弟一起配合打拼，明家上市指日可待。”周董兴奋得手舞足蹈地说着。我们听周董这样一描述，都异常振奋，于是不约而同地举起茶杯，“来，以茶代酒，预祝我们成功”。我们三人的茶杯在王总的办公室历史性地碰到了一起，脸上都洋溢着对未来充满期待而无比激动的笑容。

何为深圳速度？从我们根据上市公司所应具备的条件，来筹划明家上市之整体规划布局，即可得到完美诠释。当天下午我们召开小会，进行了上市前的工作布局和分工：我负责在武汉成立明家全资子公司（即后来的武汉雷之神防雷技术有限公司），开拓华中及西南市场；谢总负责在广州成立一家全资子公司（即后来的广州迪瓦电子科技有限公司），负责华南市场；其余地方如华北、华东、东北等地设立办事处，布局全国销售网点；黄总负责全国市场的技术支持和工厂产品研发；邓总（邓兵，原东莞东聚电子厂的品管部副理，是我们的老朋友，1995 年我出货给该厂时，产品质量由他查验）负责工厂生产、产品质量及材料成品进出货和生产安全。

就这样，一个下午的时间，国内整个市场销售网络的市场雏形随之形成。晚上由周董事长请客，我们即席发表豪言壮语，各自立誓言表决心。我们要用三年时间抢占全国防雷市场的一定份额，以达到创业板上市业务需求（创业板上市条件是公司要连续两年盈利且累计不少于 1000 万或近一年应收不少于 5000 万）。那时防雷行业市场总份额已达 165 亿元左右。全国从事防雷行业的企业约 2500 家，从业人员约有 4.5 万人，其中浪涌保护器制造企业已超过 400 家，业内年销售业绩在 1000 万元以上的主要制造企业有 38 家，明家科技即为其中之列。我们的目标是三年后明家科技一定要在创业板挂牌上市。就这样八个酒杯历史性地碰到了一起，这一碰真的是碰出了熊熊烈火，创业之火。

第二天，我带着憧憬、满怀希望、激情澎湃地踏上了返回武汉的火车。回到武汉，我便分秒必争地开始筹建公司，经过近三周的市场调研、办公场地的选址以及公司名称的选择，终于在2008年5月1日租住进武汉街道口埠华大厦的一间写字楼，办公室面积五十几平方米，并于2008年5月12日正式注册成立武汉雷之神防雷技术有限公司（这个公司名称是我想了很多名称后才决定的），属于广东明家科技股份有限公司的全资子公司。

这一天其实本来应该是平凡的一天，但却刻骨铭心，永生难忘。因为这一天四川汶川发生了非常惨痛的8.0级大地震，山河破碎，举国悲痛，众人祈祷!

回忆那天，我仍记忆犹新。当时我正在洪山区政务服务中心三楼办工商营业执照。忽然感觉办理政务的柜台好像在移动，当时我想这个柜台怎么像是在移动似的，难道一个窗口办完，就可自动移到下一个窗口（至今回想起我当时的想法，觉得自己傻得可笑）。正当我傻乎乎地愣着，还没回过神来时，“地震了，地震了，大家先下去避一避”，忽然有人喊道。于是，大家陆续聚集到楼下空地，才知道原来是四川汶川发生了强烈的地震，武汉有震感。回想当初我可笑的想法，那一刻我的智商估计从高原落到了盆地，“智商盆地”偶尔冠名于我身上也是可以的（哈哈哈）。

我们在寻常的日子里，总以为日子就该这么寻常地过下去，但生命是脆弱的，特别是在一些天灾面前是如此不堪一击，可是又有什么办法呢?人生就是这样残酷，充满变数，每一个瞬间，都有千万种可能。并不是每个人，都能没灾没难地过完一生，我们永远都无法知道下一秒会发生什么，在我们毫无防备的情况下，命运有时会跟我们开个玩笑、设置难以逾越的障碍。人有时候很强大，但更多的时候，我们只是浩瀚星辰中的一粒尘埃，渺小而脆弱。我们总觉得来日方长，哪知道世事从来无常，明天和意外不知道哪个会先来，但我们可以珍惜现在所拥有的一切，努力过好每一天。

武汉雷之神防雷技术有限公司在武汉经过几年的努力，无论是行事风格、办事效率，还是市场开拓能力，在业界均得到了一致的好评，取得了不错的口碑，同时在广东明家得到了最优的认可。我们合作的客户主要是电力系统及电信、联通和移动公司，如电力系统在各地市变电站的二次防雷设备及工程，以及电信在各地市的基站防雷设备及工程，其市场绝大多数为雷之神拥有。其间，我们还参与了武汉的十城万盏之 LED 路灯试点，以及武汉平安城市建设，这一切为广东明家上市奠定了坚实的基础。

光彩鲜亮的背后，往往总是隐藏着不为人知的泪水，但这些又有几人能懂？又有多少人能感悟的到呢？

“黄经理，你赶紧叫人起来，标书必须重做，我觉得有问题。”一天凌晨 2 点左右，我们加班至凌晨 1 点，因为天亮后要参加省电力公司一个投标，我下班后实在睡不着，总觉得天亮后的这份标书报价还有问题，为了做到万无一失，所以拨通了公司负责此项目的人的电话。“好的，好的，唐总，我马上叫他们到公司。”那时我们整个团队都像打了鸡血似的，无论是酷暑寒冬，亦是白天夜晚，只要有事，从没人抱怨，从不拖拉，工作热情相当浓厚。大家来到办公室，按我的意见将投标价格整体下降了 5%，然后再仔细核对，重新打印了一封标书，直到天亮早上 7 点才结束。我陪他们吃了个早餐，然后黄经理带上标书直奔开标现场，正因这 5% 的降价，我们中了湖北电力公司设备采购的第一个标，为广东明家进军湖北乃至华中地区的电力系统，奠定了坚实的基础。

人要成功要收获，就必须要加倍地付出，要有足够的毅力和恒心，冰冻三尺非一日之寒。在武汉雷之神的这几年，这样敢拼能搏能打硬仗的案例数不胜数，否则根本就不可能造就传奇，书写精彩。高尔基曾经说过':“一个人是可以做到他想做的一切的，需要的只是坚韧不拔的毅力和持久不懈的努力。”人一生往往要做许许多多的事情，有成功的，也有失败的，失败的时候便错过了成功的机会，然而，一次失败并不等于永远不会成功，只要有恒心，就一定会获得成功。成功其实并不难，关键在于你是否具备持之以恒的精神。命运其实对我们都是公平的，之所以有的人得到很多，有的人什么也没有得到，并非前者更幸运，而是前者更努力、更能吃苦、更能坚持。驽马十驾，功在不舍。人无论做什么，都需要一步一步、脚踏实地的去努力。

“唐总，你们明早到我们单位来下，有几个项目赶时间，快过年了，但年前这个项目必须要施工完毕，所以你们明早 8 点要到。”2010 年 12 月的一个晚上，我正准备睡觉，宜昌电力公司一个负责人给我打来电话。

“好啊，邹主任，我们一定准时到。”我放下电话随即做了安排，匆匆出门。快临近圣诞了，外面气温很低，寒风刺骨，我带上公司三人，一起开车前往宜昌，那时是一辆天籁 2.5 排量小车，速度挺快，这辆车为我们这个团队，为雷之神立下了汗马功劳，两年多点时间，因为几乎天天跑地市县乡甚至山区，它的总里程数达到了九万多公里，凌晨时分，天空飘起了大雪，我们放慢速度，继续前行。

虽然很累、很冷，但我们内心暖和得似春天一样，激情饱满、斗志昂扬，看着外面渐渐地让雪照亮得如同白昼，心里暖融融的，因为我们有一个共同的目标，就是拿下订单，让公司尽快成长，为我们为大家搏一份更好的未来。当我们到达宜昌电力公司门口时，此时时针指向早上 7 点半。

在人生的道路上，每一次辉煌的背后都会有一个凤凰涅槃的故事， 世界上没有平坦的道路，也没有永不凋谢的花。磨难本就是人生中不可缺少的风景，伏尔泰说过：“不经历巨大的痛苦，不会有伟大的事业。”当生活把困难和痛苦抛给我们的时候，总是附带着相应的解决办法，这世界没有解决不了的问题，因为方法总是要比问题多。不经历风雨，怎能见彩虹，为了这难能可贵的彩虹，我也是拼了，就连当初公司申请防雷资质所需要的各类资料数据等，少说也有五十万字，连续几个月全部是我一人组织整理的。记得当时做这些资料是在华师桂子山路博雅文印店，那几个月每天不分白天晚上，我几乎都要去这个文印店报到。一段时间下来，文印店的女生见到我就怕，以至开始躲我。原因是我这边的资料一弄就得到很晚，甚至有时通宵达旦。如文印店下班了，我便将这些资料带到办公室，一直做到天亮。

也许有人会问，你不会请人吗？当时组建此公司时，我占 40% 的股份，为了省钱，所以在最初三个月我没请一个人，半年后才请了一人，很多细节工作自然就只有我来做了。

当初投资此公司，我经济的确相当困难，几乎撑不下去了，每天武昌汉口两边跑，一般都是挤公交车，无论太阳暴晒还是下雨下雪，每天出去唯一的交通工具就是公交车。那时我一家人居住地仍租住在七二二研究所，有时碰上晚上要应酬，需要用钱，为了避免吵架，我一般不开口向家人要，都是找朋友挪借，500 元、1000 元、2000 元的借。

“唐总，你的房租又过了一个月了，你总这样不行啊，连房租都没钱交，开什么公司。”一天中午，我刚上一辆公交车，房东便来了电话，“哎，我看你这样困难、也特别辛苦，说实话，我劝你不要开这个公司了吧。”

听到他的话，我差点落泪，因为我知道他并不是恶意，我强忍着泪水说：“你放心吧，请再给我一个月，保证不会欠你的。”没过几天，一个偶然的机会碰到了我的发小黄孝义，自然晚上就约了一个小饭局，大家谈论生活，大话人生，互诉创业之艰辛。几杯酒下肚，我便斗胆地问他：“你能否借我 10 万元，我公司急用钱，半年后还你。”

“可以，正好，我这还有一点。”他非常豪气地答应了。就这样公司开始顺畅起来，一年后，广东明家科技股份有限公司的投资款也按约定到账了，于是公司就买了一辆十几万元的别克凯越小车，总算解决了我业务交通问题。但此时公司还没能赚到钱，且公司的钱我又不能挪用，因为以前我的开销基本算是我的投资款，我没有理由从公司账上支钱还债，所以欠黄总的 10 万元推至一年后，我仍无法偿还。

“这样吧，你将车抵给我，我们就两清了。”有一天他找到我，我想他可能也是没有办法了，而我实在难以开口说推迟还钱给他。

所以就直接答应了，索性拿出笔纸写上抵债承诺书，将车钥匙交给他，我们相互再也没多说什么。我背着装满车上用品的蛇皮袋（记得是 5 元钱一个，黄总帮我买的）便徒步离开了。

“良雄，你等一下。”我刚走出不远，他叫住我，“唉，还是把车给你吧，等你有钱再还我。”我一脸复杂地望着他，不知是要感激，还是该怨恨，接过钥匙开上车默默地走了，因为真不知道如何说是好，似乎认为他无论怎样做决定都是对的。随着公司慢慢发展好转，不到三个月，我便将钱连本带利归还了他，正因有如此患难之交的经历，以及发小的根基，我们至今都是最好、最贴心的朋友，胜似兄弟。目前他在武汉做珠宝生意，经营得很不错。我们总是会找时间一起聚会，相互鼓励，相互帮助、支持，我们都有一个共同的特点：用心做人，努力做事，不求最好，但求更好。

我的人生里，总觉得我是挫折越多越坚强，困难越大我更强大，总之我是永不服输，也绝不退缩颓废的。人生就是一场无休止的挑战，失败、挫折都是常有的事情。就算有人一出生就是亿万富翁，也必定会遇到健康等别的方面的考验。没有百发百中的投篮手，没有不遇风浪的渔船，人生就是因为在艰难困苦中的昂首挺胸才值得喝彩。

因为刚开始公司没起色，自然养家能力就捉襟见肘了，我尽量避免家庭矛盾纠纷，尽量不为经济方面吵架，那时我儿子刚上小学，实在怕影响到他，虽然在最困难近乎崩溃之境地时，已影响到了他的一些思维，影响到了他的身心健康。但我问心无愧，无怨无悔，唯一能做的就是尽量去想办法弥补，那段时间我经常主动买菜做饭、洗碗、打扫卫生，作为我的一种弥补方式，因为我作为男人，此时事业无成，让老婆小孩寄人于屋檐，我的内心是很难受的，所以做做家务，想带动下和谐的氛围。有年冬天下大雪，家里床单被子行李之收洗，全是我包干，不为别的，就希望家里尽量太平些，不要过多地引发矛盾，影响儿子的学习、成长。

人生无论遇到多大的挫折、无论生活多么的艰难无奈，只要还有足够的时间，只要你不放弃，它就可以抹平一切的不幸与伤痛，并且可以为你带来新的生命和美好。要想站得更高，看得更远，就得把苦难踩在脚下，只有在经历了各种磨难和一次次蜕变后，生命的厚度才会增加。经历过生活中的不如意，甚至是创伤，就意味着我们获得了一份难得的经验。鲁迅先生曾经说过："你们所多的是生力，遇见深林，可以辟成平地的；遇见旷野，可以栽种树木的；遇见沙漠，可以开掘井泉的。"挫折和伤痛正是我们磨炼心志，得以成长和成熟的机会。在人生的征途上，我们难免会遇到困难，倘若我们正确面对，奋力前行，到达目的地时，我们将会收获满满，信心百倍。尤其是当我们面对权力、财富的不法诱惑而视之为浮云时，我们会体味到完美的人格，因为厚德方可载物。

就这样，以周董为总策划，王总为总操盘人的这个团队，经过我们三年扎扎实实、点点滴滴的拼搏努力，广东明家科技股份有限公司于 2011 年 7 月 12 日成功地在深圳创业板挂牌上市，上市这一天距离 2008 年 4 月我们立誓结盟表态时，仅仅历时三年零三个月。

公司挂牌上市之留影

正如《滕王阁序》所言：“穷且益坚，不坠青云之志。酌贪泉而觉爽，处涸辙以犹欢。北海虽赊，扶摇可接；东隅已逝，桑榆非晚。”所以即使身处逆境，如你仍自强不息，保持一种乐观、积极向上的人生态度，那么，无论多污浊的环境，不管多大的艰难险阻，哪怕时光飞逝，岁月已老，你都终能立于不败之地，立于胜利之巅。

15

第九章 第三次创业，反转人生

正所谓创业难，守业更难。下面这章要讲的是回归生活，一旦挑战来临，很多思路很多杂乱的想法便会接踵而至。因此也就随之接二连三，广东明珠科技股份有限公司之创业团队，分别于上市前后陆续离开，各自去打拼，开创新的事业，寻找真正属于自己的人生轨迹。

我的晋东科技有限公司也就顺势诞生了。

很多人问，你公司为何取名晋东，有何来历？记得取晋东这个公司名，是当时我们去办事出差的高速路上，一路想了近六十多个名字，最后才决定取晋东。取此名之意义有三：一是潘氏郡名为晋阳堂，取其"晋"；二是晋阳正好是山西的一个地名，是古代潘氏祖先开枝散叶的发源地。晋

151

即北京的简称，吾商在中国是一种向于为人的温和人，所以人们常说能学习吾商之生意之道。其二，我当是浙江人来到武汉发展，武汉位于湖北东边，即我国东边，所以取其东。其三，吾东笔画思意很好（带着画什么字了，即要我们顺），日后把名称东字又如记[illegible]。故吾东之名应运而生。

武汉吾东科技有限公司主要是建筑智能化弱电设计、施工以及智慧城市等，公司成立于2010年6月。

放前面第一段

吾东科技和过四年（经了）年的转身，2014年春节，公司从创业街了的[illegible]乔迁至武汉未来科技城，开始稳定与其他的未来的大海中。

有梦想就去追梦，就要想办法去圆梦！

第九章 反转人生 第三次创业

唐哥：

最近事业忙吗？一切都好吗？

转眼毕业已有半年有余，我也已经步入工作岗位，不再是一名学生。但是，在学校的一点一滴，还有那次去您公司的场景都历历在目，仿佛发生在昨天。您说希望我们能够以书信形式保持联络，我没有忘记。在这快要迎接二０一八戊戌狗年（丁酉鸡年）的时刻，我谨以真诚之意为您送上新年祝福。祝您和家人在新的一年健健康康，阖家幸福，事业旺旺，财源滚滚，开开心心每一天。

在这半年里，我的工作忙忙碌碌，当然也遇到一些小插曲，面对领导布置的任务量过大的问题，我也一度陷入迷茫，不知所措，感觉压力巨大，一个人负责三大项工作，已经远远超出了一个人所能承担的工作量。二０一八年是我的本命年，不知道还有多少困难摆在我面前，（也不知）这一年能不能顺利地度过，但以积极的态度面对生活和工作无疑是我最应该选择的方式。面对工作量不合理的问题，我也很想得到您的一些思想上的帮助。您作为一个企业家，会怎么看待这样一种问题？期待听到唐哥的建议。总之，二０一七年对我来说，充实又具有挑战性，希望新的一年可以有所进步，工作上更得心应手，也祝您一切都好！

东航航空河南公司 姚敬

2018.01.28

姚敬你好！

来信收悉，见字如面！

首先很感谢你对我的信任和期待！至于你说你目前工作压力大，领导吩咐的事情较多，我认为是好事情。至少证明你在领导心目中是有能力有担当之人。否则他不会给你另外加担子，不然你做得不好反倒更是他的负担、压力和责任，你说呢？

当然你刚踏入社会，自然会遇上这样或那样的选择，但你必须非常理智且清楚自己要的是什么？眼前的职业是否是你已经做出的选择和事业方向？如果是这样，那你就应更加努力更加自信地去接受去挑战它。即便最终错了，没达到预期，也应无怨无悔。因为自己的路，自己未来的快乐，关键时刻只能靠自己来决定，自己来把握。这些事在你的人生旅程中必须要亲自体验。亲自经历过了，你才懂得为何当初你一人要做三人甚至更多的事。

那些所谓成功案例的书，所谓的职场事业案例，包括我给你的一些建议，也只能供你参考，而实践是不可复制也无法复制的，因为每个人都是一个独特的自己。正所谓压力越大动力就越足，成功的几率就越大。

生活需要经历，事业需要沉淀，等到寒冬离去，春暖花开之时，你之所愿就自然会一一呈现在你眼前。加油！我期待你的好消息！

唐良雄

2018 年 2 月 3 日

唐哥：

最近事业忙吗？一切都好吗？

转眼毕业已有半年有余，我也已经步入工作岗位，不再是一名学生。但是，在学校的一点一滴，还有那次去您公司的场景都历历在目，仿佛发生在昨天。您说希望我们能够以书信形式保持联络，我没有忘记。在这快要迎接二〇一八戊戌狗年的时刻，我谨以真诚之意

2

为您送上新年祝福。祝您和家人在新的一年健健康康，阖家幸福，事业旺旺，财源滚滚，开开心心每一天。

在这半年里，我的工作忙忙碌碌，当然也遇到一些小插曲，面对领导布置的任务量过大的问题，我也一度陷入迷茫，不知所措，感觉压力巨大，一个人负责三大项工作，已经远远超出了一个人所承担的工作量。二〇一八年是我的本命年，不知道还有多少困难摆在我面前，这一年能不能顺利地度过，但以积极的态度面对生活和工作无疑是我都应该选择的方式。面对工作量不合理的问题，我也很想得到您的一些思想上的帮助。您作为一个企业家，会怎么看待这样一种问题？期待得听到唐哥的建议。总之，二〇一七年对我来说，充实又具有挑战性，希望新的一年可以有所进步，工作上更得心应手，也祝您一切都好！

姚敏

2018.01.28

以上书信为已参加工作的资助生（资助她从大一至大四）所写。

资助这些学生（无论是小学生，中学生还是大学生）时，他（她）们曾问我，“今后如何报答您呢？”我说：“只要你们好好学习，努力为自己为家庭为社会做些正能量的事，我不需要你们的任何回报。如你们一定要感恩，那就请你们在记得我的时候，偶尔给我一封书信吧，但不能是邮件或微信方式，最好是你们亲笔写信邮寄给我，我便知足了，我也会感到很开心幸福的。”

信中讲到她刚入社会，面临的工作烦恼和对未来的期望，并希望我给予她建议。看过信后，我很欣慰，一是我资助的学生已经融入社会，开始为社会担责而添砖加瓦了；二是在社会上摸爬滚打这些年，我的人生经验已经能影响到现在的年轻人，对我来说，这是件幸事。从一名社会最底层的草根人员，慢慢攀向梦想中的金字塔尖的我，希望现在的年轻人能从我的故事中得到启发、提醒和激励，能在迷茫中坚持理想，在生活中执着前行，有足够的勇气和毅力去成为最好的自己，这也是我写本书的原因之一。

正所谓创业难，守业更难，百般心酸多次共同度过，一旦财富来临，很多怪异的想法便会接踵而至，团队也就随之摇摇欲坠。广东明家科技股份有限公司的创业团队，分别于上市后陆续离开，带着各自的财富又开始新的打拼，开创新的事业，寻找真正属于自己的人生归宿。

在人生前进的路上，除了拥有幸福的家庭和成功的事业之外，也要有一颗感恩的心，以此来回报社会，以便告慰自己的灵魂。

2010 年 4 月青海玉树发生了 7.1 级地震，我们家乡有很多人正在那里打工或做生意，他们自然就受到了不同程度的损失甚至灾难，当时我正在东莞广东明家科技股份有限公司开销售会议。镇里彭书记给我来了电话："唐总，我们家乡这次在玉树地震中受的灾害较严重，现在很多家庭需要帮助及善后工作，你看能否尽力帮帮他们？""好的，我会尽力办！明天给你回复吧，还请彭书记多多理解啊。"第二天，我跟彭书记商量了一下，决定给最困难的家庭每家捐赠 1 万，但因能力有限，只能选择受灾最严重的 10 家，即捐赠 10 万元，聊报家乡恩德。事后我找时间专门将此事落实到了每个家庭，希望他们能尽快走出困境，恢复健康快乐地生活。

在我打工创业期间，但凡村里有什么我能支持的事，都会不遗余力地解囊相助。记得 1992 年，村主任希望我能捐点钱，将村里的砖渣土路改造一下，修成柏油路，我毫不犹豫地汇了 5000 元以尽薄力，虽然不多，但我那时在东莞打工的薪水每月 900 左右，再往后村里又修水泥路，建自来水厂以及 1998 年洪水灾害等捐助，凡我能做的，我从没搪塞过，都是尽己所能，为家乡父老做点小事。2013 年，村里建设希望小学以及成立希望小学助学基金会，我义不容辞地加入了这个团队，奉献自己的绵薄之力。因为是这片土地孕育了我，是这片土地成就了我，至少因为她的存在，我如今才能小有成就地拥抱人生。我来自哪里，哪就是我的根，我的魂即在哪里。那里的一切便是我毕生追随的梦，无论我走到哪里，都会让她伴我至天涯。

观阵希望小学助学基金会成立庆典

“赠人玫瑰，手留余香”。每一次的选择，每一次的前行，其实都是人生的一次修行。武汉晋东科技有限公司也在这个时候诞生了，不为什么，为的是追寻下一个梦想。

很多人问，你公司为何取名晋东，有何来历？记得取晋东这个公司名是当时我从武汉去宁波出差的高铁上，一路上想了六十多个名字，最后才决定取晋东。取此名意义有三：其一是唐氏郡名为晋阳堂，取其“晋”，且晋阳正好是山西的一个县，古代唐氏祖先亦在此发源；晋又是山西的简称，晋商在中国历史上如同第二类犹太人，所以我希望能学习晋商的经商之道。其二，我是洪湖人来到武汉发展，武汉位于洪湖东北边，即形同东边，所以取其“东”。其三是“晋东”笔画寓意很好，共 15 画，1+5=6，即要我顺，且相当简单又好记，故“晋东”之名便由此诞生。

武汉晋东科技有限公司主要经营专业建筑弱电智能化设计与施工，以及智慧城市建设等。公司成立于 2010 年 9 月，历经四年的风雨磨砺，终于华丽转身——2014 年春节，公司从创业街乔迁至武汉未来科技城，开始稳定匀速地航行在未来的浩瀚大海中。

有梦就要去追梦，就要想办法去圆梦！

“唐总，在哪里忙啊？”2016 年的一天，我突然接到广东东莞一个老朋友的电话。

“陈总好，我在武汉呢。”

“我这里有一家做防雷的企业，以前有跟明家贴牌生产过防雷器，他们准备在新三板上市，但需要有能力的人助他们一臂之力，他们宋董事长找到了我，我便推荐了你。”他激动地说，“宋董事长说过几天专门来武汉拜访你，和你聊聊。”

“好的呀。”我也正在寻找看有无其他发展方向，于是很快就应允了。

一周后，宋总如约来到武汉。他衣着相当普通，身材也很瘦小，但为人特别真诚朴实，不虚浮。第一次见面，我们便寒暄了很久。

“唐总，其实好多年前我就知道你。”他笑着说，“记得 2010 年时，我们有个防雷项目在武汉投标，当时就是你代表广东明家将我们击败的。”

我也笑着说：“原来我们神交已久啊，缘分缘分。”

“是啊，我们这么有缘，早就应该联手做些事情啦。”他也随即高兴地说，并且说出了他公司计划挂牌新三板的计划，以及希望我务必加入进来一起干，我当时还没完全考虑好，所以没明确表态，但双方意愿及彼此目标还是比较吻合的。

时间总是在忙忙碌碌中匆匆而过，不管这些忙碌是该忙还是不该忙，是大事还是小事，是生活琐事，还是人情世故，总之，只要你是人，只要你还活着，就抛开不了太多的世俗，哪怕偶尔让你烦恼不快，但更多的忙碌还是很有意义、很有成就感的。

“唐总，我到武汉了，你在办公室吗？我过来和你聊下。”一天我正在办公室忙着，宋总打来电话，“我昨天从深圳过来办事，今天想和你再谈谈我们合作之事，你看如何？”

“好的呀，我在办公室，你来吧。”我说，“我也正想再找你聊聊呢。”

对宋总的执着，此次我有了很大的信心，毕竟我也算不上什么人才，而他仍然反复地邀请我加入他们的团队，从这一点，我准备和他谈谈具体的合作方式。经过近三个小时的商谈，我们达成基本共识。

“宋总，无论怎样，我还得去你公司学习哈。”

“当然当然，我们合作前，你作为即将出任的股东，去公司作个‘尽调’是应该的嘛，我们热烈欢迎啊。”

我们谈笑风生，对可预知的未来都充满期待。

没过几天，我便安排好行程，到他们深圳华海公司及江苏常州的华海工厂（这里是华海通讯的产品生产基地）参观学习。在此期间还与华海公司所有股东团队交流，相互谈各自的想法，以及对未来的判断和期望，大家畅谈得很火热、很有激情和信心，都一致相信华海通讯一年半左右时间，在新三板市场挂牌是不成问题的。历经三天的行程，我信心满满地回到了武汉，准备着手参股华海通讯之相关事情。

2016 年 7 月，我前往深圳华海与他们正式签订了入股协议书，至此深圳华海股改全部结束，公司正式更名为深圳华海通讯股份有限公司。2017 年 10 月 9 日，公司在新三板挂牌上市。

成功欢笑的背后，不知堆积了多少无辜无助的委曲求全，那些泪水与汗水交织的苦痛和无奈又有几人能知？又会有几人能懂？哪怕是你的家人，他们又能理解和体贴你多少？

“唐总，来，我们喝一个，我还没醉。”刚吐了一地的孙总拿起酒杯向我走来。

“孙总，你喝多了，少喝点，先歇会吧。”我看着已醉得语无伦次的孙总安慰道。同时，我心里莫名地有一种难受的滋味，对他顿生同情之感，觉得他真的好不容易。这天他是为了一个项目上的事请客，我陪同。而我又何尝不是如此呢？有多少个夜晚，我醉得不省人事，而无人问津；又有多少次在饭局上，酒在肚子里翻江倒海而无人心疼？只要有强大的事业心，但凡一个有超强责任感的男人，他们在这个世上就是活得最苦、最累、压力最大的人，所有的辛酸苦痛，只有打碎了自己咽，而在亲人面前还得装作若无其事，淡定自如。

有时当我静下来的时候，总想去改变现状，但越想压力就越大，压力越大，你就必须坚持不停止自己的努力。于是继续上演一幕一幕的酒桌文化而乐此不疲。

中国的酒桌文化有很漫长的历史。酒很早就成了中国文化的重要元素，中国的礼仪很多源于祭祀，而酒与祭祀、庆典等礼仪结合紧密，一直是祭祀中最为重要的道具之一，如《周礼》记载，对祭祀用酒有严格规定，需要用“五齐”“三酒”共八种酒。早期酒文化是政治文化的一部分，是属于皇家与当权者的上层文化。随着技术进步与经济的发展，酒文化慢慢从上层向下渗透，蔓延到社会各个阶层。现在意义上的敬酒与劝酒，却内化为中国人的价值、习俗与习惯，这样慢慢的形成了敬酒就是一种对人尊重的礼节。

“我有一壶酒，足以慰风尘。自恨鸿翼轻，难渡天下人。”

记得有一次出差贵阳，也是因为业务之所需，我在酒桌上表现得异常活跃。这样你来我往，觥筹交错，最终我被灌得烂醉如泥，觉得自己似乎在腾云驾雾，如同一片无人在意的落叶一样，随风飘散，还觉得自己似乎已没有生命。第二天，等我醒来时才得知我是被朋友用酒店行李车拖到房间的。像这样苦痛的经历，在我生命的航程里，可以说司空见惯，数不胜数。其实最苦的不是醉酒，最悲哀、最难过的是当你酒醉后，基本没有家人的温暖陪伴和精心呵护，而这种酒醉后有人照料的奢望在我的人生中简直形同大海捞针，没有可能，所以我也习惯了，再也不去想了。

所有的酸楚苦痛和困难挫折，我都一股脑地咬牙自吞。咽到肚子里，自己默默地承受、消化。

创业说起来是那么的轻描淡写，听起来是那么的激人奋进，但要真正去做、去实现它，没有非同一般的毅力、抗压力和魔鬼一般的抗孤独能力，想要去创业甚至成功，可以说成功率基本为零。

2009 年临近春节，武汉飘起了大雪，本来应是漆黑的夜晚，被皑皑的白雪将整个夜映衬得如同白昼，雪亮得刺眼。凌晨 1 点，我翻来覆去睡不着，思考着公司目前遇到的发展瓶颈及拮据的经济状况，怎么也无法入眠。怕影响家人休息，于是我翻身起床，轻轻地关门外出，独自一人从虎泉出发向东湖边走去，路上没有行人，几乎没有一辆车行驶，一路上除了我的脚步踩在雪地里发出的咯吱咯吱的响声外，寂静得让人窒息。

我静静伫立于湖边，即现在东湖“一棵树”站点的那条绿道上，听着湖水怒吼地拍打岸边，任凭凛冽的北风从耳边呼啸，看着远方的夜景，偶尔传来树枝在风中轻轻裂断的哀声，我打了个寒颤，不禁顾影自怜，顿感凄凉。我默默地将所经历的人与事细细地回想了一遍，过滤掉所有的失意，试着用左手握住右手，给自己最简单的温暖。

记得从我有记忆开始，便发誓要摆脱贫穷，日后必须要成就一番事业。如今我怎么还是这般潦倒，事业维艰呢？我要想尽一切办法渡过难关，摆脱眼前的困境。不行，我要成功，我是不会倒下的，永远不会！任何事情都阻挡不了我发展事业的雄心，任何人也影响不了我创业的激情。刺骨的寒风唤醒了我的思绪，同时也赶走了我眼前的困惑，那晚我在东湖边发呆了近三个小时，回到家中已是凌晨 5 点左右。

企业发展离不开团队，更离不开社会的支持与关怀，企业除了物质文明建设，也要搞好精神文明建设，更要推广自己的企业文化，为社会之整体和谐发展尽自己的一份微薄之力。

“好好做，多做点实事，解决自己衣食住行的基础后有能力就多做点善事。”有年春节，我到领导家拜年，他这样对我嘱咐。于是从 2010 年开始至今，我开始把很大精力放在慈善之上：从捐助从玉树地震受灾群众到支持武汉在校贫困大学生上学之费用，以及资助贵州贫困地区小孩从小学至大学毕业之所有费用。我本着一个出生贫苦农村孩子的初心，这些年尽量去帮助他们，能帮多少算多少，但有个宗旨，凡是要宣传的事我不做，如果宣传，我宁愿不去捐助，因为毕竟我做的实在是太小太微不足道了，实在是无足挂齿。

2015 年暑假，我送儿子去北京清华美术班学习，在清华校园内问路时，正好问的是我儿子同班同学的父亲，他也是送女儿到清华美术班来学习的，就这样我们很开心的认识了。

“喂，你好！唐总，我是小笛的爸爸。”我正在午休，我儿子同学的老爸打来电话。“哦，卢总，你好。”“我有个想法想和你商量下。”“你说说看。”我应声道。“如果你有时间，我们一起去贵州贫困山区看看，那里真的很穷，很多小孩上不起学，看我们能否资助他们下？”他在电话那头说得很恳切，语调也很激动，我没有理由拒绝。

金秋十月，我们一行五人来到了贵州安顺，在当地教育局同志的陪同下，走访了很多贫困家庭。我们每天穿镇走巷，到学校进山区访农户，一般去一个农户家光认路步行就得三至五小时，其中让我记忆最深的是，有一天经过曲曲折折，悬崖峭壁的山路，走了近四小时才来到一个小孩家。这家在山脚下，一间草屋，两面倒塌残破不堪，屋内真的是没一件像样的物件，唯一闪光的，是堂屋正中央靠在墙边一张破乱不柜子上面歪歪扭扭地贴着几张学生奖状。走进厨房，还如六十年代初农村的破旧景象。泥巴砖糊的土灶，木桶，水瓢，生锈的铁锅，破烂的锅盖，柱子上挂着一盏马灯，一堆木柴等。来到他们的房间，一张几乎没有纱孔的蚊帐（让灰尘给封住了），床上被子缝补得到处是补丁，床上铺着稻草，屋里漆黑一片，没有窗户只见近乎佝偻着身体、瘦骨嶙峋的老爷爷和他那瘦小、弱不禁风而衣衫褴褛的小孙子，来到我们面前，我瞬间泪奔，泪水忍不住直往下涌，当场恨不得号啕大哭（真的一点不夸张，我实在忍不住），内心像是打翻五味瓶，难受至极，感慨万千，谁说男儿有泪不轻弹？关键是因何事又因何人而可泣而失声，眼泪止不住往下流……眼看天快黑了，因为要赶着下山，我们红着双眼向他们匆匆告别，内心期待他们的明天一定会好起来。

2015 年秋走访贵州安顺一贫困生家庭

就这样，我们每天踏着崎岖不平的山路，从安顺到铜陵走访了近十家农户、几所中小学。经过近一周的走访了解，我感知良多，他们贫穷落后，但他们渴求知识，渴望幸福。他们近乎乞求的眼神，深深地烙印在了我脑海，拍打着我的每一根神经。虽然我没有多大的能力，也不是什么英雄，虽然我也仅仅只是摆脱了个人贫困，但帮助他们改变现状，资助他们尽量能上学的欲望不停地驱使我，不停地鞭策着我马上行动。从这一年秋季开始，我便每年选择五六位最贫困的学生，对他们进行一对一的资助，这其中有小学生、初中生、高中生乃至大学生。直到今天，我仍尽己之能（我资助或捐赠，基本都是一对一，点对点地帮助，即钱财物直接落到受助人手中）一如既往地资助和关心着他们的学习和生活。同时他们也很懂得珍惜和感恩，每隔一段时间便可收到他们的亲笔书信，这让我很感动也很自豪。

尤其是当我遇到困难或情绪低落的时候，收到他们稚嫩的心声，更是慨叹万千，从而又自信满满，兴奋出发。

当你在心中种植善良，以温柔的眼光看待这个世界，这个世界也同样会回报你温柔。哪怕是一件毫不起眼的小事，也足以温暖一个人的心。你帮助别人的同时，自己也能收获快乐。

敬爱的唐爸爸

您好！

唐爸爸您给我的资助金我从经拿到了，并且用了200元，100元买了生活用品和学习用品，100元用来买作业，唐爸爸上次期末考我语文考了85.5，数学考了86，拿到成绩单时我很失落，因为我觉得我太粗心了，如果我能够再细心一点，那成绩应该会高一点，不过我不会因此而灰心，反而会因为这一次的我大意，让下次的我更加细心。唐爸爸天气变冷了，您要注意多穿衣服哦，工作也别太辛苦，要多抽时间休息，多陪陪家人，人们说人是铁，饭是钢，所以要按时吃饭。

唐爸爸，我在学校过得很快乐，身体也很健康，还有好多好伙伴，所以您不用担心我，您一定要注意身体，不要太累，最后我祝您身体健康，工作顺利，还有，每天都要快快乐乐！

紫云自治县宗地湾塘小学
五年级
张焦焦

2019年10月18日

第 1 页

想要帮助别人，自己必须得先强大。做好事业的同时，文化素养的不断加持也不能停。正所谓活到老学到老，人生必须要不停地为自己充电，这样生存得才更有价值，人生才更有所意义。

2014 年春，在朋友的引荐下，我有幸认识了著名的作家、诗人熊召政先生，熊先生之博学，可称得上才高八斗、学富五车，他阐述对历史文化以及人文的见解独到，无与伦比。受熊先生之耳濡目染，我对他倍感崇拜，真心希望能像他老先生一样，能够写点什么。2015 年，我终于能受教于熊召政先生，拜其为师，从此跟随恩师游学悟道，慢慢地感悟人生，禅悟生活。

“高山仰止，景行行止。虽不能至，然心向往之。”跟随恩师游学上课或参加社会活动时，我开始尝试着动笔写写诗，抒发下感慨及对人生的一些总结。虽然才疏学浅，但仍然向往有朝一日，能像恩师一样，随口吟诗，脱口即可博古论今。

在个人不断提高文化修养的同时，晋东科技在企业文化上也在不断地完善和改进，要让公司形同战场的同时，更是一个温暖的大家庭，让这个大家庭成为一个可诉可泣和发泄喜怒的港湾，让这个团队集体里的每一个人，都要有爱心、有雄心、有信仰、有追求！

“不忘初心，砥砺前行”。2015 年，我组织公司全体同仁前往井冈山，去学习革命前辈的光辉事迹，传承革命之精神，重温先烈之壮举，经过近两天的红色学习，我们深深感受到：没有革命先烈的浴血奋战，哪来我们今天的安逸幸福？没有共产党人坚定的信念和家国情怀，哪有我们这么伟大的民族和强大的中国？经过这次特殊的活动学习，更加鼓舞了大家不停追求，不断壮大自我的信心和决心，为晋东日后的腾飞奠定了更强大的基础。

公司团队建设，精神教育固然重要，但家庭团队的建设也是不容忽视，因为我们今天的幸福都是革命先烈的负重前行换来的，所以我们决不能忘记初心。

2015 年 6 月，我带着我们七兄妹这个大家庭，男女老少共计 39 人，来到了湖南韶山，纪念、缅怀伟大的领袖毛主席。没有毛主席，哪有新中国，

2015 年晋东科技于井冈山参观、学习

哪有我们的今天，所以我们要感恩于那个伟大的时代，更要肩负起新时代赋予我们新的使命和责任，为小家、为大家、为国家，鞠躬尽瘁、努力奋斗。

兄弟姊妹齐上山，
同忆往昔岁月难。
今拜伟人共敬仰，
主席恩泽福万年。

公司要发展，市场是根本。一个合格的业务员，必须具备几个要素：一是专业知识，二是勤奋不怕苦，三是要有足够的韧劲和忍劲。

我与大家分享一个我的业务故事：

“肖总，您好，我是晋东科技小唐，我想明天早上去拜访您，您看行吗？”“好的，你明天早上 8 点来我办公室吧。”领导很自然地答应了。

我挂掉电话，异常兴奋，因为这个项目我跟了很久，一直没找到关键人，今天终于联系上了。

第二天早上 7 点 50 分，我准时到了客户门口。“肖总，您好！我已到了，您看我现在可以上来吗？”我拨通了电话。“我马上开会，你等着吧！”那头电话已发出了“嘟嘟嘟”的声音，我想正好没吃早餐，先去填些肚子慢慢在等吧，当时针指向十点时，我发了个短信请示下，看他会议结束没，收到回复说，要等到中午再约。那有什么关系呢，我内心还是很开心的，客户忙很正常，就这样时间一分一秒地往前移，转眼到了中午 12 点半，下班的人群不断地离开办公楼，我想这下应可再联系了，可给的答复是：你下午再来吧。没办法，我只好找个地方吃午饭，下午再来。这次等待的时间感觉实在是太漫长、太难受，我途中打了几个电话和发了几个短信，一直到下午快 6 点时，才收到一条回复短信：你明天再来吧。当时我整个脑袋快炸了，但强忍住冷静地回复：“好的，好的，麻烦您了，我明早再来拜访您，非常感谢！”

其实以上的案例，在我的创业旅途中只是冰山一角，所以没有准备好绝对的耐力和信心，要想做成一件事几乎是不可能的。

创业来源于梦想，梦想实现于行动。晋东人在发展自身的道路上，一直在不停地加油，在各自平凡的岗位上，书写着不平凡的辛酸喜悦和伤痛收获，同时也为自己、为晋东书写着不平凡的传奇。

第十章 畅想未来

遥想往昔，娘胎出生。哭声来世，幼小苦难。农耕童年，饥不饱肚。与牛为伴，野菜充饥。少年苦读，衣不遮寒。寒窗多年，立志成才。青春梦想，南下打工寻出路。而立之年，打拼创业于湘鄂城。不惑之年，扎根拼搏圆我梦。天命之年，畅想未来再追梦。

人的一生，是伴随着生老病死和喜怒哀乐的一生，是伴随着成功与失败和风雨与阳光的一生。没有任何人能改变这一切的自然规律。唯有一个好梦想，好追求，好的思想修你的人，才可以在这个变化的自然规律中，我寻一条适合自己属于自己的人生轨迹。

回望这五十年的人生轨迹，无论从幼年至少年到中年，无论是在家里还是学校，还是在工作岗位上，不管是学业上还是爱情，不知有多少个夜晚因此而夜不能寐，孤独无助，又不知有多少个夜晚近乎绝望地辗转难眠，呼天唤地，更不知有发生过多少白天都是明明是、傻得那么残酷的现实，令你欲哭不能，欲哭无泪，这些经历的一切，我一路抗争走来不曾气馁，不曾放弃，只因我内心总有个强大的梦想，梦想着成就一番事业，梦想有个温暖的家，总以为有了这些之后，一切的一切都会随之改变，都会变得完美无缺。

在我的人生旅途中，很多朋友常说我是女强人，说我很能干，怎么会呢？毕竟我也是人，我不是钢铁不是机器，我偶尔也有不坚强的时候，甚至有

第十章 畅想未来

《时间的悖论》里有这样一条理论:“一个人花时间的能力代表着他生活和成功的能力。”

舞台上,我们看到了一个“腹有诗书气自华”的董卿,而富有才气的背后是她日复一日的阅读和积累。她说:“我一直保持每天睡觉之前一个小时的阅读,这个是几乎雷打不动的,没有什么特别的。很多人问,你还能坚持吗?我觉得这个好像无所谓坚持不坚持,就是你习惯了。”所以,一个人如有登峰造极的成就,一定源于他的自律。

萧伯纳说:“自我控制是最强者的本能。唯有高度自律,才能主宰自己,活出自己想要的人生。”

马云,这个一手缔造了一个电商帝国的男人,羡慕者有之,钦佩者有之,而很少有人知道,他所有的成功并不是偶然。12 岁的时候,马云对英语产生了浓厚的兴趣,于是他每天早上骑行 40 分钟到杭州西湖旁的一个小旅馆去学习英语。这一学就是 8 年,不论寒暑,风雨无阻。

这些事实证明,成功并不是将来才有的,它是从我们决定去做的那一刻起,坚持积累而成的。当然坚持的过程肯定是很痛苦的,唯有自律者才能长久地坚持去做一件事,也只有自律者最终才可以得到自己想要的结果。

人生真的很逆旅,我们只不过是红尘陌上匆匆的行人,有些人总是在迷迷茫茫中苟且偷生,甚至会抱怨是上天抛弃了他们,上苍辜负了众生,而有的人却视逆境为动力,且感谢挫折让他更加坚强,从而更加坚定前行的信念,一定要做最好的自己而不辜负此生。

流年暗换，时光渐渐老去，沉淀在脑中的印迹，那便是回忆。

遥想往昔，娘胎孕育。哭声来世，幼小苦难。农耕童年，饥不饱肚。猪牛为伍，野菜充饥。少年荒读，衣不避寒。寒窗多年，立誓成才。青春梦想，南下打工寻出路。而立之年，创业苦拼战鹏城。不惑之年，机遇挑战圆小梦。天命之年，畅想未来再追梦。

人的一生是伴随着生老病死和喜怒哀乐的一生，是伴随着成功与失败、风雪与阳光的一生。没有任何人能改变这一自然规律，唯有一个有梦想、有追求、有坚定信仰的人，一个珍惜生命、懂得感恩、以善待人的人，才可以在这千变万化的自然规律中，成就一条属于自己的人生归宿。

五十年在岁月的长河里，它渺小得如海上激起的一朵浪花，但对于我来讲，五十知天命，已年过半百，我不知道下一个五十年我是否能完全拥有（虽然我满怀信心地期待着，可自然规律谁也无法抗拒），但我仍秉持“责难陈善”之人生哲学，虽还远没达到此高度，但我一直在此路上行走探索。

善良也必须要有所选择性地对待，否则如同没有责任感、没有爱心的老师一样，只会误人子弟，最终毁了别人也伤害了自己。

2014 年秋季开学之际，我应朋友邀约资助一所大学的 6 名贫困生（每人每月 800 元）。当时就简单在学生饭堂聚了一下，了解他（她）们的现实情况后，我决定资助他（她）们至大学毕业，我同样不需要任何回报，只希望他们能每学期向我通报下学习情况，但资助他们两年来几乎我不催，甚至催也没有学习成绩通报，于是我将给他们的汇款时间故意延迟了几次（我的资助都是一对一的，每月从我公司像发薪水一样支付，包括寒暑假，两年时间资助 6 人共计 115200 元），结果也没有任何人询问状况，似乎此事根本没有发生，资助款可有可无。最后有一位男同学终于在 QQ 上问了我是什么情况，我便说：“你们估计不需要资助了，我想考虑支持其他更困难的人，因为我从来只做雪中送炭而无能力做锦上添花之事。”他的回答却令人吃惊且无语：“哦，这样啊，不过我们接受资助已两年，也够了。”就这么冷漠无情的两句话后，他们从此便杳无音讯，再也没联系我了，直到现在。

《左传》有云：“度德而处之，量力而行之。”你的善良，要懂得带点锋芒，要有所选择，且要在你能力范围之内而行善积德。我想每个人的本性生来都是好的，只不过我们要经过时间和阅历的磨砺后，方能真正悟到何为善，何为恩，何为珍惜。如今想想他们也早已毕业了，都已在各自的岗位上默默地为事业、为社会奉献自己的美好年华，祝愿他们一切都顺利平安而有所作为。善良是一种修养，感恩是一种善行，但愿他们在今后的人生旅程中能慢慢地去修行自我，成就社会。

其实善良要选择，创业又何尝不是呢？每个人都想创业，都想成就一番自己的事业。无论是为追求自己的名利和理想，还是为了小家大家生活得更富有些，也不管是为了社会为了国家，能够有能力为之添砖加瓦，奉献己之所能。但有一点切记：千万别盲目创业投资，在你自己的人生方向以及事业方向没完全理解透彻时，急于去创业基本上成功率为零。适合你的才是最好的，一定不可随风而飘，更不可临渊羡鱼而急于求成，以致揠苗助长。

2014 年，全国上下宣传大众创新、万众创业，简直是如火如荼、家喻户晓。当时的确激发了众多年轻人，尤其是大学生的创业梦想。他们视此为机遇，视此为人生方向。于是一夜之间年轻人申请注册的公司似奔腾的江水，川流不息，犹如一夜春风，百花齐放。每个人都踌躇满志，振臂高呼，似乎成功已离他们近在咫尺。然而在他们梦还没醒时，由于太过冲动且没什么创业经验，很多人坚持不到两年便纷纷败下阵来，被逼破产而终。事实告诉我们，创业梦想必须要有，创业精神也必须要激发，但我们却忽视了一个重要的基本点，即你是否适合去创业，是否适合立马现在就去创业而无任何社会实践之基础。实践证明，不少年轻人因为盲目自大而失败了，尤其是万众挤独木桥的互联网中，因为它不需什么大的成本且赚钱太快了，财产暴富来得太诱人了。

在这个互联网的大海里，因此而溺亡的比比皆是，我也是临渊羡鱼急于求富的一个典型。2015年，一朋友（他是创业导师）介绍说，有一款手游开发项目，目前正在推广阶段，应很有前景。我也想借鸡下蛋看能否投资点，梦想暴富下。于是经过他几次盛邀，在一个周末参加了他们举办的一场项目路演活动，其间，这个手游项目的创始人即CEO，在台上隆重地推介了他们的产品，希望有人为他融资五十万。当时我记得因此人的形象很稳重实在，且他的形象有点类似罗永浩（锤子科技的CEO），所以在没完全考查的情况下，当场与他签下了注资五十万元的合作协议（我判断一件事情，有时喜欢看人的第一印象）：分三次注资，一年内投资款全部到位。第一笔款打到他公司账户后，我去考察了他的公司，当时感觉是在做事很敬业也很拼，所以当他催要第二笔款时，我毫不犹豫地转给他了。第三笔投资款，当他急催我时，我已感觉到他公司已没太大希望了，但一想到自己当初创业时也是相当艰难，也是靠一颗不怕失败非常坚毅之心坚持下来的。所以当他几次三番地求着我说，希望尽快将第三笔款到位，且说就差这一口气了，他不能半途而废。在他的反复诉说和哀求下，我不忍心让他失败，自以为他的确如我当初一样，是个铁定有事业追求之人。于是将最后一笔投资款汇给了他。结果一周之后，他打电话告诉我："唐总，实在对不起，公司经营不下去了，只能选择破产，解散工人。"我听着他的电话，除了沉默只有沉默，不想说一句话，半句都不想说。因为担心的事还是来了，他已将我的投资款利用我的善良骗没了，这时我除了后悔又将如何呢？事后我找那个为我引荐让我去参加路演的朋友诉说此事，他却听而不语，只有叹息和勉励。至今他去了哪里？在干什么，我也不想知晓了。

过分的自信，只能让自己陷入固执的泥潭。而不成熟的创业和投资，只能让自己陷入人生绝境，甚至危害社会、伤害家人。有人说事业是男人的春药，但盲目创业对大多数人来说，这是毒药。所以成功的风光背后是数不清的心酸和血泪，这不仅毁了自己也害了家人。如今，想通过创业暴富而失败者屡见不鲜，他们的初衷都是非常正能量的，但殊不知因为过于激进，幻想太过美好，以致最终失败，甚至有些人因经不起惨痛的失败，而草草了结自己年轻而不甘的一生。

回望这五十年的人生轨迹，无论从幼小至少年到中年，无论是在农田在学校，还是在工厂在创业，不管是事业生活还是爱情，不知有多少个夜晚夜不能寐、孤独无助，又不知有多少个夜晚近乎绝望地顿首捶足，呼天喊地，更不知发生过多少明明是白天却变得那么黑暗的残酷现实，令人欲罢不能、欲哭无泪，我一路抗争走来，不曾颓废，未曾放弃，只因我内心总有个强大的梦想，梦想成就一番事业，梦想有个暖暖的家，总以为有了家之后，一切窘迫都会随之变得富丽堂皇。

在我的人生旅途中，你说我没流过泪，始终坚强如超人；你说我过得很自在、很洒脱，貌似不会孤单。怎么会呢？我常独自发呆，无论白天还是夜晚。白天会找一角落闷想半天而无视左右；夜深人静时会半躺床头，对着黑暗发呆苦想。我偶尔喜欢一人去看场电影，且会将自己自然地融入剧中，随剧情反转而啼笑皆非或泪流满面、捂鼻抽泣。当然偶尔也会逞己才智，故作吟风弄月，以此调整心情，自得其乐。我曾面对病痛和死亡，又会感叹人生之脆弱与渺小，哀叹自己无能助人于水火绝境，仿佛当自己是救世主，是英雄，发生在十万八千里之外的事恨不得我都有办法解决。

这些年因为竞争激烈，创新热情高涨，加上大家都坚守职业精神和职业道德，很多人辛苦劳累倒在岗位上，甚至因过度劳累而病逝在战斗前线的，举不胜举。

2011 年中秋，我从北京出差回武汉。“喂，您好，是杨主任吗？您休息没？我是唐良雄，得知您在武汉开会，今天正好中秋节，我想来看看您！”一到武汉我便拨通了电力公司杨主任的电话。“哦，你好，我打算睡觉了，那你来吧。”当我急匆匆地赶到酒店见他时，已是晚上10点半。他30多岁，戴着一副近视眼镜，挺斯文但显得很结实，又穿着准备入睡的长短裤，就显得格外健壮以至显得有点胖墩墩了。我们见面寒暄几分钟后，便互道晚安离开了。两个月后，我听说他在周末独自一人加班时（好像是在安排调度计划），因积劳成疾、劳累过度而突发心梗倒在了他奋斗的办公室，当时因无人及时救治，就这样辛苦而孤独无助地离开了，离开了他非常敬业而为之日夜操劳的岗位。呜呼哀哉，我闻讯后痛心疾首，深感惋惜，情不自禁地流下了眼泪……不是说好人一生平安吗？这难道也是童话里的故事？我简直不敢相信，不能接受眼前的事实。

杨绛先生曾说：“当你身居高位时，看到的都是浮华春梦；当你身处卑微，才有机缘看到世态真相。”每当我想起我的童年，想起孩提时代的穷酸，想起用草绳当裤腰带的年代，眼眶就禁不住湿润了，以至泪水哗哗直流。毕竟我也是人，不是钢铁也不是机器，反而是一个多愁善感、情真意切之人。我也有泪，也有不坚强的时候，甚至曾想消失于这个世界，了却一生的悲观瞬间，但这些念想瞬间就会消失。

办企业行走于商界，谁不会有资金短缺的时候呢？有年12月初，为了讨回公司几百万元的货款，我来到了珠海。我的客户是一家资产超百亿的上市公司，那天我与李董事长倾心交流，各诉苦衷，期间李董不止一次泪流满面，甚至失声痛哭。我作为兄弟、朋友只好不停地安慰他，同时很体谅地理解他，除此我真的不知该说什么，原来一百亿元与一百万元的性质有时也是一样的，只不过用法与想法不同而已。以前不信，那天在事实面前我真信了。静听朋友倾诉流泪，让我很是伤感甚至有点痛心，谁说男儿有泪不轻弹，哪怕是天命之年（他已年过半百，堂堂的东北汉子），只是没有痛到深处时。

改革开放的前沿先锋——深圳、东莞孕育了很多有作为的新生，同时也滋生了不为人知的悲哀，而我们这些深圳的拓荒牛，几乎是挣扎于泥泞坎坷之中，即便是跌倒，脸上仍如鲜花般灿烂，仍是脚踏大地、头顶蓝天，倔强地抬起头、挺起胸，带着各自的梦继续飞翔，飞向那理想的彼岸。

男人真的好累，好不容易！男人肩扛社会使命之重任，心怀父母妻儿之职责，稍不留心，就会事业溃败，甚至妻离子散，遗憾千古！

离开他办公室，我心情特别沉重，他这么难，肯定暂时不能支付我的货款，我理解他，同时也深深地祝福他，希望他能早日解除困境。可眼下我的资金又该如何解决呢？一阵凉风吹来，一股压力和惆怅油然而生，让我打起阵阵寒颤……

同在一方热土，共创美好明天，这就是当年敢拼敢干的我们，这就是泪与痛交织的传奇。人生有太多的不如意，也有很多令你感动的人和事，过去的已然不再回首，我要面对的是未来五十年，向着梦想的地方继续行走。

岁月无声，短短几十载春秋转瞬即逝，在这段时间年轮里，我们走过了青涩的时光，迈过了痛并快乐过的艰苦打拼岁月，如今这些斑驳的回忆，偶然浮现眼前也会熠熠生辉。

五十载春秋是一场人生洗礼，“五十知天命”，我希望我的天命即寿命为一百岁，虽已年过五十，但也仍旧是一种重生，因为年轻是一种态度，而不在年龄，所以，我的人生才刚刚开始。我要将过去五十年的经历换成人生宝贵的财富，从现在开始焕发青春，重新出发，再奋斗五十年！“提昨日种种千辛万苦，向明天换一些美满和幸福……你是我一生不停的脚步，让我走出一片天空。”忽然一阵歌声飘来，让我倍感振奋，似乎我已《风雨无阻》地前行于下一个幸福的五十年。

我有生之年的想法是，在我 65 岁前踏遍世界各地，85 岁前我的足迹要印在中国的每片大好山河上。另外，我还有个想法，即计划在农村老家的祖坟上先为自己立块碑，墓碑上就写：“唐良雄生于 1969 年，卒于 2069 年，百年前哭泣而降，百年后含笑九泉，哈哈。”等到下个五十年时，我会书写一部百年传奇，这部传奇不是说明我从草根创造了什么惊天的财富，也不是我的地位及名声达到了什么令人称颂的地步，而是要打造我自己独特的幸福人生之传奇，缔造一个无任何文学功底但却能收获文学财富之作品传奇，书写一个中国草根平凡而又执着追求人生的一部生活故事传奇，以此来告慰自己的百年人生。

丰子恺说："不乱于心，不困于情。不畏将来，不念过往。如此，安好。"这场已逝的岁月年华，细细品味，也曾春暖花开，也曾光芒万丈。未来的五十年，我将以此为新的起点，踏上新的征程，坚信自己一定会创造一个别样的人生，为自己真真切切地再活一次！

写到这，我真不知道再如何续笔了，虽然往事能说能写的还有很多很多，犹如恒河沙数，但能思能抒的似乎又太少太少，形同天空孤星。原来我的文采已江郎才尽，枯竭见底，只能就此作罢，收笔合稿，以飨读者。

想做的事大胆去尝试

——（后　记）

身背双肩包，手拖行李箱，12点飞昆明长水机场出港时间，按预定时间入住洽蜜月，晚九点检，接到新酒店，有人理解为我度蜜月，我没蜜月事，其实那年别出，心中不变化的事，书写《路子》。

时间定格于2019年2月1日下午2:20分（农历2018年腊月二十七），从此刻开始，也许创造了我人生五十年来的七个独有的终生难忘的第一次。

第一次一人春节，春节一人，直径1000公里左右连一个认识的人都没有。（2月1日—2月10日）。

第一次一人团年饭（在一小餐馆，点一小份菜，点了三个菜，一瓶红酒，2月4日下午一点开饭）

17.1

第一次一人看春节联欢晚会（2月4日晚上八点，

第一次一人全神贯注地看完春节联欢晚会（2月4日晚上八点至2月5日凌晨一点）。

第一次一人连续十天，每天中午吃一碗米线，不吃早餐和晚餐（2月1日—2月10日）。

第一次深刻体会，每天吃一样食物（如米线），可吃到吐的感觉（2月10日中午十一点半，准备吃此行最后一餐，因十一号要回武汉了，照例来一碗米线！结果没吃到几口，实在咽不进去了，是真当时很无我，原来胃已不能再见米线了，这一天我就没吃任何食物）。

第一次一人连续十天很有规律地生活独处，且自得其乐。（2月1日至2月10日，每天上午11:30起）

后记

想做的事，就大胆去做

但凡能做成点事的人，往往都要经历一段没人支持，没人帮助的黑暗岁月，这段岁月需与孤独相伴，且要在孤独中挺立得更坚强，而这段时光恰恰是沉淀自我的关键阶段，否则就会功亏一篑，一事无成。

身背双肩包，手拖行李箱，经武汉飞昆明转机泸沽湖，按预定时间入住诗莉莉泛蜜月·泸沽湖晓驻摩梭酒店。有人理解为我度蜜月来了，其实是形单影只，心怀重任而来，只为书写《草根路寻》，只为做成一件事。

时间定格于 2019 年 2 月 1 日下午 2:20（农历 2018 年腊月二十七），从此刻开始，在泸沽湖畔创造了我人生五十年来的七个独有而终生难忘的第一次。

第一次一人春节，春节一人，直径 1000 公里左右连一个认识的人都没有（2 月 1 日—2 月 12 日）。

第一次一人吃团年饭（在一小餐馆，支一小圆桌，点了三个菜，一副碗筷，2 月 4 日下午 1 点开饭）。

第一次一人看春节联欢晚会（2 月 4 日晚上 8 点）。

第一次一人全神贯注地看完春节联欢晚会（2 月 4 日晚上八点至 2 月 5 日凌晨 1 点）。

第一次一人连续十天，每天中午吃碗云南过桥米线，不吃早餐和晚餐（2 月 1 日—2 月 10 日）。

第一次深刻体会，每天吃一样食物（如米线），是吃到吐的感觉（2 月 10 日中午 11 点半，泸沽湖最后一餐，因 11 号要回武汉了，照例来一碗米线，结果没吃到几口，实在咽不进去了，其实当时很饿，原来胃已不能再见米线了，这一天我就没吃任何煮食）。

第一次一人连续十天很有规律地生活独处，且自得其乐（2 月 2 日—2 月 10 日，每天中午 12 点 30 分至下午 4 点 30 分左右，这段时间外出觅食填肚子，再健步发呆，其余时间均在酒店喝茶、写书、睡觉，绝不踏出房间一步，而写书时间一般是晚上 7 点半至次日凌晨 3 点半左右）。

以上等等这一切的第一次，只是为了一个目标一个梦想，为了创造一个自己的小传奇，顺利完成《草根路寻》之心愿。

2019 年春节，注定是个不平凡的春节，是一个近乎疯狂而自虐式的春节。云南泸沽湖，难忘的时间、地点、生活，我终于在此雕琢出了《草根路寻》的整体框架和初稿，为其后的顺利付梓，拉开了序幕。

2019年11月7日，我再次来到泸沽湖，住同样的酒店，住同样的房间，继续完成《草根路寻》之收笔重任。我非常难忘而清楚地记得，书稿完成时间为2019年11月20日凌晨4点35分。收笔之时，我左手摸着右手，盯着这脱了两层茧皮，凹进去然后又凸起硬邦邦的厚茧的中指，再盯着桌上这十余本厚厚的草稿，发呆瞬间，涕泪横流，百感交集，扪心自问，我怎么就真写成了呢？

对眼前的一切像在梦中一样，不敢相信自己，虽已近凌晨5点，仍没有睡意（此时连续书写已达11小时），但整个身体根本不听使唤，头重脚轻，想站稳还真不行，人仿佛漂浮于空气之中，完全失去了重心。

当我与人提及写书的经历及手起厚茧并疼痛而坚持完笔的时候，不止一人疑惑地问我：“你怎么还用手写，不都是电脑输入吗？”我仅含笑而不语，不是我不会用电脑，只是觉得手写的更流畅，字里行间情感更真切，也便于及时修改。另外也有人问我：“此书你打算卖吗？”说实话，从我计划写到提笔至付梓，压根没有做过将其商业化的美梦，我只觉得此书应有正式书号，以此不负我这五十年的流水行文，然后印刷1000册，全送给亲人或朋友，以及其他想要看的人。因为我觉得以我的水平及写作功底，我送给大家能有人仔细看看，甚至只要不当作手纸，我就很知足了，就觉得已很有成就感了！

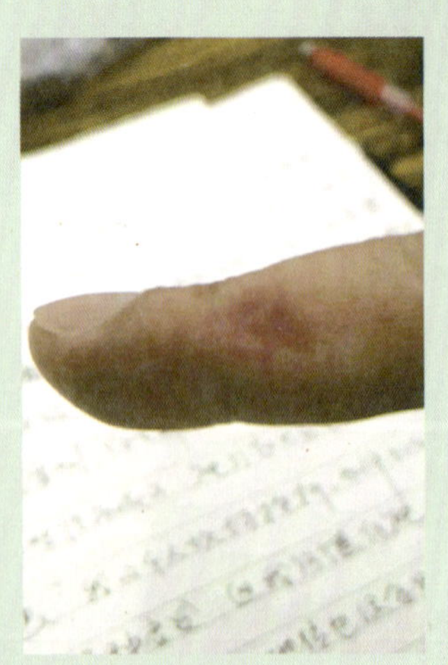

《草根路寻》经过数十次的修改润笔再添加整理，于2019年12月24日凌晨（后又于2020年1月1日及6日凌晨，说来很巧，两次修改合笔时间都是凌晨1点36分，再次修改）终稿付梓。这一天是西方的平安夜，但对于我们来讲也可借此机会，共祝我们的亲人、朋友，一生平安幸福！不管相隔多遥远，无论再过多少年，我想这永远是我们最衷心的祝福，我们最大的心愿。平安守岁之际，圣诞节你收到了什么礼物呢？反正我是收到了，我人生半百的第一本诗集《无痕诗语》和第一本自传纪实文学《草根路寻》今天付梓。这是我五十年来收到的最厚重最有意义的特殊礼物。在这个美丽的暖冬，浪漫的圣诞节，我要带着童年的梦幻，带着一颗纯净稚嫩的心，重新出发，飞向那遥远的梦想之地。

三年的思考，三年的心愿，三年的梦想，一路跌跌撞撞，从未轻易放弃，今天终于完稿，成就了更好的自己。书中虽无华丽的辞藻，更无斐然的文采，但我很欣慰、很开心、很有成就感，因为我毕竟将它展示出来了，我兑现了我的想法，完成了我的坚持！

《草根路寻》虽然只有 11 万字，但一年来，我是反复修改反复润色反复重拾记忆碎片达数十次之多，总字数也绝不下 100 万字。多少个通宵达旦挥毫泼墨，多少个白天夜晚像发神经似的，有时开着车忽然停于路边，在手机里写上一段；有时睡梦中醒来拿起纸笔，草草几句一段一段；又有时在吃饭或与人谈话时，忽然觉得某个场景、某段对话或某句哲理可放于书中哪个章节，于是立即停下，在手机里开始记录……这等等一切，等回到书房或办公室就将这些个片段一一串联，置于《草根路寻》相关之章节里，直到自认为满意、完美为止。

回望这创作的日日夜夜，多少次夜深人静之时，我伏案落泪，越写越想哭，越哭越想写，几次泪水沾湿了文稿，每次凌晨合笔之时，总是意犹未尽，不想入睡……

落笔生花，下笔如雨。

执笔人生，跋山涉水，历尽艰辛。

笔落实处，顿悟了我的灵魂，使我得以从此安静走好未来的每一天。

最后，我谨以此书来感谢、感恩一路陪伴我爱我宠我，一直默默关心和支持我的所有亲朋好友，人生导师，以及我所担忧的、关心的、在乎的人，甚至是恨我怨我以至伤害过背叛过我的人！是你们的不离不弃，伴随着我历经风雨坎坷，是你们给予了我无形的动力和智慧，尤其是一些伤害和痛恨，让我的人生始终充满挑战和斗志，始终鞭策着我前行。我因你们而成长，更因你们而骄傲。没有你们的爱和激励，没有你们持续地呵护，没有你们耐心地历练，就没有今天的我。我的世界没有你们便不再精彩，我的人生没有你们更不再完整！

谢谢你们！谢谢你们的出现！同时也借此书谢谢自己人生已拥有的五十个春秋。虽然这五十年只有辛酸跋涉，风光仍未闪耀登场，但我真心没有辜负这五十年的美好年华。一路走来，苦乐酸甜，我无怨无悔，虽很辛苦、很累，但依然值得，往后余生定会倍加珍惜！

正如《金缕衣》中所说“花开堪折直须折，莫待无花空折枝”。美好时光不仅仅只有过去的岁月，未来的年华更是一场艺术人生。不虚妄，不飘渺。只争朝夕，不负韶华！我要用一颗更务实、更感恩的心，去拥抱下一个美好而有为的五十年！

风雨磨砺五十载，
慨叹往昔我不才。
年虽半百激情在。
豪迈人生重头来。

——2019 年 12 月 20 日为自己五十岁生日题

2019 年 11 月 20 日凌晨 4 点 35 分初稿收笔于泸沽湖

2020 年 1 月 6 日凌晨 1 点 36 分终稿于驿山高尔夫

丽江
12°C
2019/2/4

新冠肺炎·武汉疫情抗战 ①

一、"猪鼠交替，一头一尾之生肖，今年必有大事发生" 2019年12月25日晚，我邀约几个朋友（在老地方）一起回顾过去的一年，畅想着新年的愿景和期待时，有人不经意地说了一句，当时几乎没人在意他说了什么，因为都是你一言我一语，举起杯觥交错地陶醉在酒里，激动于已经来临的新年，相互交流的不亦乐乎。而我听后很纳闷，为什么猪鼠之替会有大事发生呢？这到底是什么逻辑？

晚上我回家询问夫人。去年（2019年）为猪年，今年（2020年）鼠年为庚子年，而庚子年是农历一甲子中的一个，60年为一周期，中国历史上60年一轮的庚子年，都发生了载入史册的大事，1840年，鸦片战争；1900年，八国联军入侵中国；1960年，全国三年自然灾害；2020年……

2020年庚子年，又一个甲子60年，此时我的心怦怦直跳，不会这么邪乎吧？难道又会发生什么大事吗？我真不敢再往下瞎想了。

二、"兄弟，我快不行了，快想办法救救我吧" 2020年1月14日上午10点左右，我多年的好兄弟、事业上的合作伙伴，电话说的是

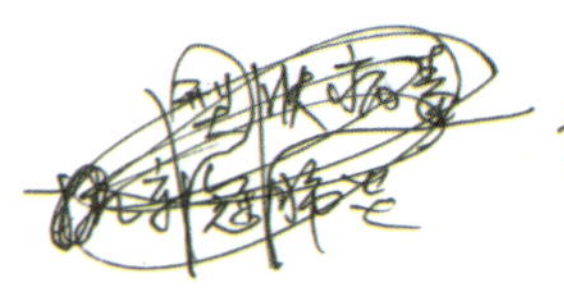

抗新冠肺炎·武汉疫情战

“猪鼠交替，一头一尾之生肖，今年必有大事发生。”2019年12月25日晚，我应邀几个朋友过圣诞小聚，大家正在总结过去的一年，畅想着新年的愿景和期待时，有人不经意地说了一句，当时几乎没有人在意他说了什么，因为都是你一言我一语，手起杯空地陶醉在酒里，激动于即将来临的新年，相互交流的不亦乐乎。而我听后很纳闷，为什么猪鼠交替会有大事发生呢？这到底是是什么逻辑？

晚上我回家咨询度娘，去年（2019年）为猪年，今年（2020年）鼠年为庚子年。而庚子年是农历一甲子中的一个，60年为一周期，中国历史上60年一轮的庚子年，均发生了永载史册的大事。1840年鸦片战争；1900年八国联军入侵中国；1960年全国三年自然灾害；2020年……

2020年庚子年，又一个甲子60年，此时我的心怦怦直跳，不会这么邪乎吧？难道又会发生什么大事吗？我真不敢妄自往下瞎想了。

“兄弟，我快不行了，快想办法救救我吧！”2020年元月14日上午十点左右，我多年的好兄弟，事业上的合作伙伴，在电话的另一端失声哭泣地对我说，我的心一下子像是被提到喉咙，吐不出半句话。他五十岁出头，比我大一点点，平时气色很好，身体挺棒的，这是怎么啦？还没等我回他的话，电话那端响起了他夫人的声音“唐总，卓总在医院，已经住了几天院了，刚开始以为只是感冒，但今天越来越严重了，且肺部阴影也越来越明显了，他现在的血氧只有70-80，呼

附：抗新型冠状病毒肺炎
——武汉保卫战

2020年庚子年，一个甲子60年。我见证了一场保卫战的大爆发和胜利。

“兄弟，我快不行了，快想办法救救我吧！”2020年1月14日上午10点左右，我多年的好兄弟，事业上的合作伙伴，在电话的另一端失声哭泣着对我说。我的心一下子像是被提到喉咙眼，吐不出半句话。他50岁出头，比我大三岁，平时气色很好，身体挺棒的，这是怎么啦？还没等我回他的话，电话那端响起了他夫人的声音：“唐总，卓总在医院，已经住了几天院了，刚开始以为只是感冒，但今天越来越严重了，且肺部阴影也越来越明显了，他现在的血氧只有70—80，呼吸困难。但这家医院医疗设备条件有限，所以他很不安，便打了你的电话。”怎么一下子这样了呢？前几天（1月8号）他还来我办公室，跟我谈企业运营发展思路，且约好我们1月14号去深圳谈个项目，所以当他打电话来时，我还以为要商量去深圳之事。我沉思了几秒，便安慰了他们几句，马上打电话咨询相关主任医师，看究竟是什么情况后再回复他。

我接通了一位主任医师的电话，将我朋友的病情向她汇报。她说从我这朋友的病症来看，基本上可推断他是武汉目前新型冠状病毒的感染者，目前只能要他隔离治疗，不可转移，以免造成二次感染，不过如果他的免疫力够强，那只要配合治疗，应该不会有太大的问题。接着我便拨通了朋友的电话，但他夫人说他已不太方便接电话了。我只好将以上情况如实地向他夫人陈述了一遍，并深感抱歉。我已没有办法为他们做点什么，只能以言语安慰，并默默为他们祝福祈祷。因为连去医院看他都已经不允许了，一是怕传染，二是去了也见不到他——他已被隔离于ICU病房了……最终，他与新型冠状病毒肺炎（简称“新冠”）顽强搏斗了近一个月后，于2020年2月10日痛苦地离开了他为之负重拼搏的事业，不舍地离开了他深爱的家人。对此我深感遗憾而无奈，因为我十几年的好兄弟、朋友，在病重期间我连去看望他一次都没能实现。同时，我也为失去这样一位好兄弟而深感痛惜和悲伤。

2020年1月23日凌晨2点，当人们沉浸在美梦中，沉浸在即将万家团圆的甜美构想中时，一则消息似三月惊雷般炸响于武汉的夜空，惊醒了武汉的市民。

武汉市新型冠状病毒感染的肺炎疫情防控指挥部发布消息：

自2020年1月23日10时起，全市城市公交、地铁、轮渡、长途客运暂停运营；无特殊原因，市民不要离开武汉，机场、火车站离汉通道暂时关闭。恢复时间另行通告。

这一则凌晨发布的封城通告震惊了全国乃至全世界，拉开了武汉疫情防控阻击战的序幕，意味着江城武汉这座超千万人口的九省通衢之地，已经进入“非常战役时期”。

疫情来势凶猛，传播迅速，涉面之广，肆虐之重，可谓史所罕见。一时间武汉病员激增，人心惶惶，人人禁足在家，不敢迈出家门一步，街上顿时车马无迹，街寂巷空。当我们面对这极其恐怖的妖魔瘟疫时，才明白对个体来说，生命是那么短暂而脆弱，才知道面对如此猖狂的病魔，不论你是荣华富贵还是穷困潦倒，都显得那么苍白无力，自己的生命渺小得如同浩瀚星辰中的一粒尘埃。

己亥年末，庚子年春，江城武汉。突如其来的新型冠状肺炎疫情，牵动着党中央的心，牵动着全国人民的心。疫情就是命令，防控就是责任。习近平总书记亲自挂帅，指挥这场没有硝烟的战斗。十天建成武汉火神山和雷神山生命医院，改建十六所救治方舱医院，由专家指导防护救治。八十多岁的院士钟南山来了，七十多岁的院士李兰娟来了。一方有难，八方支援；祖国有难，四海驰援。解放军、医疗队、志愿者空降武汉，白衣天使来了，千万勇士逆行而上，公务员全部下沉至基层，蹲点职守于每个社区，每天穿行于医院与社区之间，还有全国乃至全世界中华儿女发起爱心捐赠。大家的共同目标是，打赢疫情防控阻击战。

从除夕夜（2020 年 1 月 24 日）第一批医疗队到达武汉，截至 3 月初，全国共有 346 支医疗队、约 4.26 万人来到湖北，在定点医院、方舱医院等各个岗位上毫无畏惧地投入防控救治工作，为疫情防控工作作出了重要贡献，为六千万湖北人民的生命安危保驾护航。

武汉封城后留下坚守的九百万人民，闭不出户，为这场誓死保卫武汉的疫情阻击战，默默地战斗在自己仅能搏杀的战场上，无怨无悔，自律坚强。这种牺牲、这种精神、这种悲壮，让钟南山院士称武汉是座英雄的城市，武汉人民都是英雄！

此次武汉抗疫，从2020年1月23号封城，即离汉通道关闭，按下暂停键，至 2020 年 4 月 8 号全部解封开启重启键，回归正常工作、生活，总共历时 76 天。截止 2020 年 4 月 8 日 11 时，全国累计病例 83161 例，死亡人数 3342 人，其中武汉市累计病例 50007 例，死亡人数 2572 人（这其中有我十几年的兄弟、朋友和事业合作伙伴卓总，还有我的初中老师等，对于他们的不幸离开，在此我深表痛惜并向他们致以最沉痛的哀悼！愿他们一路走好，天堂里再没有病魔。）

76 天的疫情战，我作的最大贡献就是完全宅家不出门，一切按新冠肺炎防疫指挥部之要求严格执行，没给国家添一点乱，没有增加任何一点麻烦。同时，我为家乡洪湖（因此次疫情，荆州洪湖感染也很严重）作了一点贡献，即为洪湖市第四人民医院捐赠 20 万元现金，以及三台亚低温治疗仪和 3000 只 N99 口罩，以支持洪湖抗疫，以此为千万逆行者加油，并以此感恩无数英雄的负重前行，感恩我们这个新时代最可爱的人。

横跨 2019 年到 2020 年的这个七十六天，武汉终于从寒冬走进了阳春，从萧瑟重新回到了繁荣，但这个历史性的七十六天，是过去一百年、一千年也不能忘记的七十六天。在这七十六天里，全国的目光都投向了武汉，全世界也都在关注着武汉。这没有战斗硝烟的七十六天，很多人的安危让我们肝肠寸断；很多人的逆行负重，让我们真正理解了什么叫将生死置之度外；从大街小巷千千万万的窗户中发出的震天撼地的“武汉加油”声，让我们知道了什么叫慷慨悲歌……

七十六天的武汉疫情阻击战，本来可以歌颂、铭记的人和事很多很多。无论是逆行者的英雄事迹，还是白衣天使救死扶伤、可歌可泣的悲壮场景，抑或与城同在、禁足家中战斗自救的九百万江城人民，都值得世人称颂，名垂千古，永载史册。不过，在这七十六天的中，我因一直深居家中，没亲临过战场，所以无法亲眼所见英雄人、英雄事。我只是在家借助新闻媒体的报道时时了解、刻刻关注着疫情，心生感慨写了几首诗，以此作为对这场疫情战的加油，对逆行者的牵挂，对最终胜利的期待，更是对为此次战疫而英勇献身的英灵的缅怀。

《武汉战疫诗》（六首）

《众志成城·战疫情》

我不知道你是谁，
但我却知道
我们不会放弃你们
必为你们竭尽全力保平安
我们为你们加油、祈祷康复
一起呵护你们的健康与快乐
共同守护武汉这美丽的家园

我不知道你是谁，
但我却知道
你们是新时代最可爱的人
崇高的医务工作者
战无不胜的人民子弟兵
最可亲可敬的时代楷模
我们因有你们的负重逆行
而倍感安宁
我们因有你们的无私割舍
而更加自信和坚强

2020 年，江城武汉
注定会因这场没有硝烟的疫情战

变得越来越强大
以至令世人瞩目
武汉，挺住！
加油，伟大的中国！

——2020 年 1 月 28 日于未来科技城晋东公司

《众志成城灭余寇》

宁静江城病魔闹，
仁心医者披战袍。
举国勇士追余寇，
神州大地何处逃？

——2020 年 2 月 21 日于光谷

《江城子·众志成城抗疫情》

江城武汉遇瘟神，己亥末，庚子春。
抗击肺炎，围歼即封城。
昔日繁华大都市，三镇空，锁家门。
万千英雄硬核身，与魔争，止毒生。
四海驰援，荆楚铸忠魂。

誓将冠匪永灭绝，待惊蛰，众欢腾。

——2020 年 3 月 1 日于光谷

《武汉战疫·胜利终捷》

元月廿三封江城，
暂停键下战瘟神。
四月八日重启键，
荆楚大地众欢腾。
七十六天灭新冠，
英雄壮举惊世人。
路漫任重新使命，
尔等涅槃浴重生。

——2020 年 4 月 8 日于晋东科技

《口罩》

你不知
从什么时候开始
让我们从很不适应
到开始慢慢接受

以至
让我们对你如此不离不弃
并开始习惯性依赖于你

2020 年 1 月 23 日
除夕前夜
千年罕见之一纸封城令
让我们禁足闭户
你随即呼之欲出
亿万国民伴你随行
共同抗击新型冠状病毒肺炎
在这场无硝烟的战斗中
你如同我们的战袍
让我们能克敌制胜

谢谢有你
你让我们隔绝病魔
战胜妖孽
有了你，
它们不再肆无忌惮
我们更健康更快乐
谢谢你
为我们在这个特定的时刻
奉献了你那特别的爱

——2020 年 4 月 13 日于未来科技城

《向抗疫之基层社区干部致敬》

我，
行走在黑夜
哪怕狂风暴雨，
即便冒随时感染之风险，
我也要送你最后一程
虽然我们不曾相识，
哪怕亲人子女不愿不在
我仍要一如既往，
即便付诸生命也要勇敢前行

因为我是党员，
我是人民的公仆
我是最基层的党员，
最基层的社区干部
这就是我党我国之大器
我党我国之坚强后盾

——2020 年 8 月 26 日子时于光谷生物城

小记：

《草根路寻》原计划于2020年3月30日由中国书籍出版社正式出版，然而一场千年未遇的罕见的新冠肺炎狂魔，于己亥末庚子春爆发于武汉继而席卷全国，以致全国封城封路、停工停产，十四亿之中国英雄，除逆行抗疫之勇士外，均闭不出户、宅家抗疫，出版社也就不能正常工作，出版时间自然延后了。就这样我便借此闲暇，记录下了这段千年未遇的疫情历史，以使读者铭记。

2020年4月13日于武汉驿山